スノウ・ティアーズ

梨屋アリエ

ポプラ文庫ピュアフル

スノウティアーズ

snow tears
Nashiya Arie

梨屋アリエ

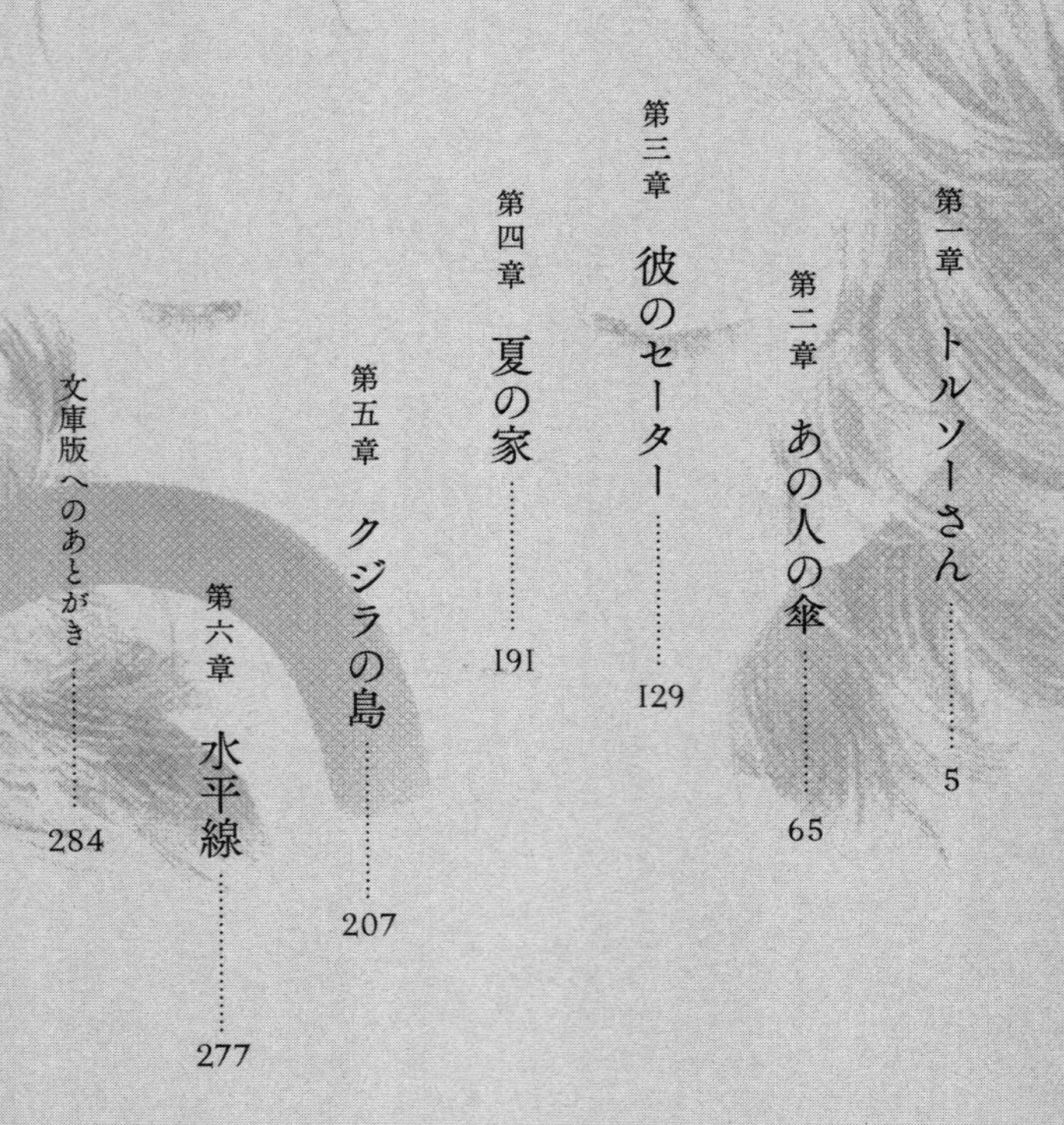

SNOW TEARS

contents

第一章
トルソーさん

一

「だから、絶対だよ。食い逃げは許さないから」

「わかってるって。君枝（きみえ）の頼みは、前払いでうけなきゃ踏み倒されるってこと、オレは学習したんだよ」

部活の後、高校のはす向かいにある駄菓子屋で、君枝が陸（りく）に棒アイスをおごっていると、同じ陸上部の吉井悟（よしいさとる）が小銭をちゃらちゃらさせてこちらへくるのが見えた。

「それにしても、君枝って、昔から変わらないんだな。そのうちゴミ屋敷に住むようになるんじゃないか」

「ちょっと、変なこと言わないでよ」

陸は店の冷蔵ケースに向かう吉井の背中を君枝が気にしているのに気づき、口をゆがめて笑った。

「へいへい、そういうことでっか」

「だ、だって。ゴミ……だなんて、親しき仲にも礼儀ありです。さっさと食べてくれる？暗くなっちゃうじゃない」

「アイスくらい好きなように食わせろや」

吉井は、陸の言葉にふっと笑うと、陸がどっかり座ったベンチの脇に立ち、買ったばかりのアミノ酸飲料に口を付けた。一気に飲みほすつもりだ。

陸の正面に立っていた君枝は、吉井のノドの動きに見とれ、それから全体の姿に見とれた。走るときの野性的な筋肉の躍動に惹（ひ）かれるのは当然のことだが、日常的な動作も吉井は絵になる。吉井は長身ではないが均整が取れた体つきをしている。バカでっかいだけの陸に比べたら、人間を美しく見せるのにはバランスが重要なのだとわかる。

吉井は空のボトルを店のゴミ箱に入れると、まだ物足りなそうにアイスの棒をくわえていた陸と君枝に言った。

「いつも仲いいねぇ」

「妬（や）けちゃう？」

笑いをとろうと君枝がおどけてみたら、陸から顔面につっこみパンチをされた。

「あたっ、火花が」

「こーんな仲の良さ、最悪だろ」

「加減しろよ、高上（たかうえ）。格闘系カップルって言われてんぞ」

「カップルじゃねーよ、コンビだ！」

吉井は、わかってるというふうに手を上げると、

「君枝、余計なこと言わせてごめんな」と言って、バス停に向かっていった。

高校のみんなは、君枝と陸が古くからの友だちだということは知っている。口では否定してても本当は好き合ってるんじゃないの？　と疑う人がいても、陸の容赦ないツッコミを見れば、考えすぎだったと気づく。二人の間には色っぽい空気は存在しない。

「妬けちゃう？　なんて、くだらねえボケ言ってんじゃねえよ。そんなに吉井の気を引きたいか」

「冗談で言っただけじゃん。顔殴るのやめてよね。あたしいちおー女だし」

「崩れたら、美容整形する口実ができるじゃねえか」

君枝は、吉井が角を曲がって姿が見えなくなると、ベンチから腰を浮かせた陸の尻を思い切り蹴った。暴力には暴力で返す主義だ。

「痛っ。おまえ、オレに頼み事あるんだろ。また裏山でガラクタ見っけたんだろ。さっさとしろよ、暗くなるぞ」

「もう、陸がアイスおごれって言ったからじゃないの」

山の神社へ続く階段をのぼりはじめた陸のあとを、君枝は追う。

高校の裏山と呼んでもいいような大舟山（おおふなやま）は、市街地からそれほど離れていない場所にある低山で、人通りがない割に道路が整備されているため、ゴミの不法投棄ポイントがいくつかあるのだ。

大舟山の一部は陸上部のトレーニングコースに入っているので、ふまじめ部員の君枝はいつもたたら走りながらお宝探しを楽しんでいた。そして使えそうなモノを見つけたら、部活の後に回収にいく。女子部室に「寄付」したステッパーやらCDラジカセやらは、君枝が大舟山で拾ってきたモノだった。

君枝は幼い頃から捨てられたモノを拾う癖が付いていた。両親の離婚の影響で寂しかったせいだろうと母親は嘆くのだが、母親は自分に都合の悪いことは今でも全部当時の離婚のせいにする人なので、因果関係は定かではない。君枝が十歳の時に母親が再婚し、今では新しい家族とそれなりに満たされた生活をしているが、使えるモノが捨ててあると、拾わずにいられなかった。

高上陸とは母方の親類の家で生活をしていたときのお隣さんで、ガラクタで秘密基地を作って遊んだ仲だった。母親の再婚でT市に引っ越して、陸とは疎遠になったわけだが、運命のイタズラか、この高校で再会した。だから、君枝の収集の趣味に付き合わせるには、昔のよしみのよい相手なのだ。

「で、きょうのはデカいの？　台車を使うようなのは嫌だぞ」

以前、学校の台車を無断借用したのがばれて叱られたことがある。

「道まで上げれば、何とかなるよ」

たいていの人は平地ではなく崖に投棄するから、ちょっと大きなモノになると、足場の悪い斜面を一人で道路まで持ち上げるのは難しい。そこで誰かの助けが必要なのだ。

　神社のまわりの雑木林からは、大舟山を巡るいくつかのハイキングコースが伸びている。その中にひとつだけ標識が出ていない獣道があり、それをたどっていくと、山の中腹の舗装道路に出る。少しでも練習をサボりたい先輩たちの足跡が、最短距離でトレーニングコースへ出る秘密の近道を作り上げたのだった。急勾配な道のりのため、上り専用にしか使えないショートカットだが、正規なら二十分かかる距離が、五分に縮む。

「あの狸の標識のカーブのガードレールの下だよ」

「うむ。あの捨てポイントはなだらかだから好きだ。足を滑らせて骨折でもしたら、しゃれにならんからな」

　陸に続いて君枝もガードレールをまたぐ。

「ストップ。すぐそこにあるやつ」

　木の枝を手すり代わりに斜面を下りようとする陸を止めた。

「へ？　まさかあのマネキン人形かよ？　腕もないし、壊れてるじゃん」

「マネキンじゃないよ、トルソーだよ。腕や顔がないのをトルソーっていうの」

「何に使うんだ、こんなモノ」

　陸と一緒に引き上げて、トルソーを道路に置く。不織布張りのボディーを支えるのは細いパイプ一本だけだが、三つに分岐した猫足を立たせてみるとぐらつくことなくしっかり安定した。投棄されて間もないようで、雨にあたった様子はなく、雑草のクッションのおかげでひどい汚れや傷はない。ボディーについた枯れ草を払い、君枝はしげしげと眺めた。

「コート掛けにいいと思わない？」

「コートって、これから夏まっさかりだぞ。それに……こいつ、男だろ？」

陸の言うとおり、ボディーには、男性的な筋肉の起伏がうっすらとついていた。

「あたし肩幅あるし、問題ないよ。部屋のオブジェにいいし、飽きたらフリマで売る」

君枝はトルソーの肩に手を置いてみた。肩の位置は、君枝よりも高く、陸よりは低かった。脚は固定されていて、高さの調節はできないタイプだった。

「かわいそーに、君枝は欲求不満なんだなー。こんな顔も下半身もない男がいいなんて」

「バカなこと言わな……」

君枝はハッと口を閉ざす。

声が聞こえたような気がして、トルソーのボディーを用心深く見る。

(ぼくはぼくだから、余分なものは必要ないんだよ)

聞こえたのではなかった。耳でとらえるものではなく、心の中にじんわり浮き出す〝思い〟を感じたのだ。

「あなたね？　今のはトルソーさんが伝えたのね」

「はぁー？　さっそく〝トルソーさん〟ときたもんだ。なんかくっつけてエッチなことかするんだろう」

「バカッ、何も付けないよ」

（ぼくはぼくだもの。たりないものなんて、ひとつもないんだ）

「そうだよトルソーさん。アホ陸のことは気にしないでね」

トルソーの心の声は、陸には聞こえていないらしい。陸は怪訝な顔をした。

「ここに狸注意の標識があったのは、化かされるやつがいるからか。ま、君枝の不思議体質は昔からだからな」

君枝の不思議体質を最初に発見したのは、陸だった。

あれはたしか六歳くらいのときだ。近所のお祭りかなにかで一緒に出かけたときに、道ばたにとてもおいしそうなソフトクリームのディスプレイがあったのだ。子どもの背丈と同じくらいの大きな模型だった。

君枝には、大好きなソフトクリームが、特大サイズで目のまえにあるように見えた。

誰のソフトクリームかはわからないけれど、こんな場所に置いてあるのなら、ちょこっと味見をしてもかまわないだろう。君枝は模型に近よると、そっと舌を出して、ぺろりとなめた。

君枝がなめるのを見た陸は、オエッと思ったけれど、あまりにも美味しそうな顔をしていたものだから、真似をして模型をなめた。

ところが、陸が舌で感じたのは埃っぽいプラスチックの味だった。ペッペッとつばを吐いて君枝に文句を言うと、君枝は模型のソフトクリームを指先ですくって、陸の口に入れたのだった。それは文句のつけようのない本物のソフトクリームだった。どんなトリックがあるのか、陸は検証しようとした。しかし、同じ場所をなめても結果は同じ。君枝にとっては本物のソフトクリームで、陸には模型にすぎないのだという以外は、わからなかった。

そのうち親に見つかり、汚いことをするなと叱られて、その現象の謎を突き止めることができなかったわけだが、それをきっかけに、陸は君枝の周りで不思議現象が起こっていることに気づいたのだ。しかし陸が解明できないうちに、君枝は引っ越してしまった。

高校で再会したとき、苗字の違う君枝があのときの君枝だとわかったのも、彼女が不思議騒ぎを起こしていたからだ。幼い頃に体験したソフトクリーム事件のせいで、陸は君枝の不思議体質に動じない唯一の人だった。〝トルソーがしゃべった〟程度のことは、君枝にとっては日常なのだ。

「ほら、帰るぞ。こいつはオレが下まで担(かつ)いでってやる。その先は自分でどうにかしろよ」

「ありがと」

陸にはやさしいときもある。人前でやさしくするのが恥ずかしい、というひねくれた性格じゃなければ、とっくに彼女がいただろう。

「こいつ、なんか吉井に似てない？　澄ましたところがさ」

「顔がないのになんで似てるのよ」

「あ、照れてやがる。なんとなく、雰囲気がだよ。あの霊感少年、君枝のこと気にいってるみたいじゃん」

　吉井は時々自分には霊感があると主張するので、周囲はそれをからかって霊感少年と呼ぶことがある。だけど、吉井は、真実だからとあまり気にしてないようだ。ちょっとズレたところは、君枝と通じるところがある。

「えー。勘ぐりすぎだよ。あたし、霊感ないし」

　本当は、吉井がちょっぴり気になっている。でも、陸には言わずにとぼけた。隙を見せて、からかわれたくない。

「君枝の不思議体質も俗に言う霊感も、たいして違ってないけどな」

「違うよ。陸だって違うこと、知ってるじゃん」

「わかったわかった、吉井のことになるとすぐむきになるんだから」

「吉井のことなんて話してない。陸こそ、なんでこだわるの。まさか陸、実は吉井に気があるんじゃ……」

「ざけんなボケェ」

　怒った陸はトルソーさんをガンと道路に置くと、ダダダッと坂を下りて行ってしまった。

「バカーッ、途中でやめるならアイス代、半分返せー！」

へそを曲げた陸が、機嫌を直してもどってくることはない。

「もう、最悪」

（ぼくには最悪なんてないんだ。なぜなら、ぼくはいつも最高だから）

「そりゃけっこう」

（なんてったって、ぼくはトルソーで、完璧な存在だからね。たりないものなんて、ひとつもないんだ！）

「はいはい、わかりましたよ。トルソーさんって、吉井と全然似てないじゃん。どっちかっつーと性格は陸だよね」

（ぼくはぼくだよ。ぼく以外のぼくなんて、ありえない）

仕方なく、君枝はひとりでトルソーさんを担いで坂道を下りた。

「しゃべるだけじゃなくて、トルソーさんが歩いてくれればよかったのに」

（トルソーが歩かないのは、歩く必要がないからだ。歩くようなトルソーがいたら、そいつはできそこないのトルソーなんだ。ぼくは完璧なトルソーだからね。無駄なことなんて、一切しないよ！）

捨てられていたくせに、トルソーさんは自信に満ちていた。

二

教科書を音読するクラスメイトの声が、君枝の耳から遠ざかる。すうっと意識がとぎれそうになって、あやうく教科書から顔をあげた。

居眠りをしているのは君枝だけではなかった。黒板の前の教師でさえ、ぼんやりした目をしている。

長い梅雨(つゆ)の中休みに、久々に出番がまわってきたお日様は、雲を押しのけて青空のまんなかで全開で照っている。そんな日の午後の授業は苦行以外のなにものでもない。冷房設備のない教室の窓は、開くところはすべて開いていて、時折吹きこむ弱い熱風にカーテンが小さく踊るのみ。窓際の君枝の席は、ふっとう寸前。あまりの暑さに汗も出ない。

どこかへ逃げ出せたらいいのに。

君枝は眠気覚ましに窓の外のまぶしい空をながめた。空は、にくたらしいほど青く、涼しい色をしている。

ちゃぷん。

足下で、ちいさな音がした。冷たいなにかが、君枝のうわぐつにふれた。

——水だ。

水が音もなく床に満ちようとしていた。教室の床一面に、水がじわじわ流れ込んでくる。何が起きたのかわからず、椅子に座ったままの姿勢で君枝は足を浮かせた。

黒板の前に立った教師は足首まで水に浸っているが、眠そうな顔に変化はない。教師にあてられた生徒はあいかわらずつっかえつっかえ教科書を読んでいる。

床の水位はどんどん上がっていく。もう足を浮かせていることは不可能だ。君枝は水のなかに足を下ろした。冷たくて気持ちいい。

教師は教科書で口を隠してあくびをした。水に浸っているのに、まだ眠いらしい。教室を見回すと、居眠りをしている生徒の数はさっきより増えていた。

こんなに気持ちのいい授業なのに、寝てしまうのはもったいない。教室に水を張るなんて、いったい誰のアイデアだろう。どうせなら、裸足で授業をうけるように事前に知らせて欲しかった。でもこの暑さなら、濡れてもすぐに乾くだろう。

やがて水は小さな波を立てて、お尻の下の椅子の板をぴちゃっぴちゃっと打ちはじめ、あたたかい海に棲むような色鮮やかな魚が、群れをなして椅子の下をくぐっていった。

サカナ?

教室に魚を放つのはやりすぎだ。これでは足下が気になって授業に集中できない。水はいつ止まるのだろう。

教師に質問するべきか、君枝は迷った。水は腰板の上まであがってきているのに、みんなはまったく気にしていない。まるで水に気づいていないよう。

　このまま水かさが増えていったら、全員溺(おぼ)れてしまうのでは……。

　君枝が心配しはじめると同時に、窓から滝のように水がザーザー流れ込んできた。窓の外は見慣れた景色ではなく、窓枠の高さで果てしなく水におおわれていた。

「先生！」

　君枝はたまらず叫んだ。

　教師は教科書から目をあげ、パチパチと瞬(まばた)きをした。

「えーと、次の段落。後ろの席の人、読んでください」

「水が来てます。避難しないんですか？」

「暑いからってぼんやりするなよー。左のページの二つ目の段落だ」

　教師はお腹まで水につかっているのに平然と授業を進めた。席に着いている生徒たちは、おでこまで水没して、鼻からぶくぶく泡をふいている。

　みんな、どうかしている。溺れるつもりなのだろうか。

　君枝は机の上にあがり、カーテンにつかまって、窓の手すりに立った。今は、みんなの心配より自分の身が大切だ。

　校舎の外に広がった水面は、空の色を映(うつ)して青く輝いていた。君枝の教室は三階だけど、校庭があるはずの水の底は、空の反射がまぶしくて見えない。三階の床くらいの深さに、海藻が流されてきていて、二、三匹の小さな魚がちょろちょろしていた。水はもう、町中を埋めつくしているのだ。屋上に逃げたとしても、学校が水没するのは時間の問題だろう。

君枝は校舎の壁を蹴って水に飛び込み、教室の外に泳ぎだした。

水かさは増える一方のようだ。教室から泳ぎ出てしばらくいくと、目印にしていた高い建物も大舟山もすっかり水に沈んでしまい、君枝は自分の居場所が分からなくなった。

水温は高めで、真水のプールと違って体が浮きやすいのは不幸中の幸いだ。水上に波はほとんどなく、穏やかだった。泳ぎ疲れた君枝は背泳ぎの姿勢になって、力を抜いて水にぷかっと浮いた。大の字になって浮いていると、クラゲになった気分だ。

君枝の髪は触手のようにゆらゆら水に漂っている。制服のスカートもひらひらひらいたりしぼんだり。透明だったら、本物のクラゲみたいだろう。もしも何回も生まれ変われるならば、ぜったいに一度はクラゲになって、きれいな海でストレスのない一生を送ろう、と君枝は心に決めた。

バシャッバシャッ
しぶきがあがる音を聞いて、君枝はクラゲごっこを中断した。

立ち泳ぎをしてあたりを探すと、イルカが二頭続けて跳ね上がった。

「わっ、すごい」

水族館の曲芸イルカのようにすばやい。本物のイルカを間近に見ることができて、感激だ。

「ねえ、いっしょに泳ごうよ。あたしを背中に乗せて！」

ダメもとで話しかけてみたが、やはりイルカは答えてくれなかった。イルカたちはせわしなくジャンプを繰り返すと、海のなかへ消えていった。

君枝はイルカが消えた方をしばらく眺めていて、不安になった。

イルカがいるのなら、サメだっているかもしれない。のんきにクラゲみたいに漂っている場合じゃなかった。

「陸地は……ないのかな」

もしこのままだれも現れず、助けてくれなかったら、海のまっただなかで死んでしまう。

「避難したはずが、遭難なんて……」

考えてみれば、学校や町が沈んだというのに、水面にはだれひとり助けを求める人がいない。ない。海の上でぽつんと待っている君枝に助けが来る保証はない。

そのとき、おーい、という声をきいた。

海上からではない。水のなかだ。

君枝は自分の耳を疑いながら、水に顔をつけた。

（おーい）

海の中を誰かが漂っていた。それはトルソーさんのようだった。

先日、山から持ち帰ったトルソーさんは、古代ローマ人風にシーツを着せて君枝の部屋に飾ってあるはずなのに、なぜ。

君枝は潜って、流されていくトルソーさんをつかまえると、海上に顔をだした。

「濡れたら錆びちゃうよ。もぅ」

「あれ？　君枝じゃん」

君枝が摑んでいたのはトルソーさんの腰ではなく、吉井の腕だった。

「うそっ、なんで？」

「なんでって。うわっ、ここ海？　これって怪奇現象？　君枝の霊能力って、すげえ」

「違うよ、霊は関係ないよ」

「おれ、いま授業中で、ちょっと居眠りしてただけだから、もう帰るわ。じゃあな」

吉井は君枝の手から離れると、また海の底に沈んで、みるみるうちに姿を消してしまった。

「えーっ、あたしだって授業中だよ。待ってよ吉井！　ほかに誰かいないの？　陸は？」

君枝も潜ろうとするが、何度やっても深いところまでは潜行できなかった。水を飲んでしまい、噎せていると、見覚えのある舳先の形の山のてっぺんが見えていた。いつの間にか、水が引きはじめているようだ。

君枝は大舟山のてっぺんに向かって、全力で泳いだ。水は引きつづけている。大舟山の神社の鳥居が水面に現れると、君枝の学校の校舎の屋上が水底に見えてきた。水は急激に引いていく。

君枝はおもいっきり手を伸ばして校舎の壁を伝い、開け放された三階の窓の手すりを掴むと、水位が大きく下がる直前に、教室のなかに体をバシャッと引き上げた。と同時に、世界をおおっていた海は、消えた。間一髪だ。

ほっとため息をついて前髪からしたたる雫(しずく)をはらうと、三階の窓からびしょ濡れで現れた君枝を、灼熱(しやくねつ)の教室で眠たい授業を受けていたみんなは、不思議そうに見ていた。

チャイムが鳴りはじめて、教室で最初に我に返った陸が、君枝に言った。

「イリュージョン？」

三

君枝はトルソーさんにTシャツを着せてみた。それはきのうの海水ずぶ濡れ事件のあと、吉井に借りたものだ。

「思った通り、ぴったりね」

（ぼくほど完璧な男は存在しないからね。ぼくに似合わないものなんてないんだよ）

「すごい自信」

君枝はTシャツの具合を確かめた。ゆうべのうちに洗って干して、きょう一日かばんに入れて持ち歩いていたから、少ししわがついてしまった。

「あしたはちゃんと返さなくちゃ」

君枝はきょう、学校で吉井の顔を見られなかった。どういうわけか、顔を合わせるのが恥ずかしくて、妙に意識してしまうのだ。きのうのお礼を言いたいだけなのに、どんな顔をしたらいいのかわからなかった。それで借りたTシャツとタオルをとうとう返しそびれてしまった。

きのうの午後、海からの帰還直後の休み時間に、別のクラスの吉井が、わざわざ様子を見に駆けつけてくれたのだ。

プリンセス天功に引けを取らないマジックショーばりの君枝の〝イリュージョン〟にクラス中がまだ茫然としていたとき、「君枝に呼ばれたような気がした」と言って現れた吉井は、まさに悪霊と戦う霊感少年のようだった。

吉井は、ずぶ濡れで教室にいた君枝をみつけると、部活用に持っていたタオルとTシャツを取りに走って、貸してくれたのだ。

そのときの様子を思い返すと、君枝の頰はゆるんでしまう。自分のために一生懸命に走ってくれた男がいたことに、君枝は感激した。それから乾いたタオルの感触と、無事に海から教室にもどってこれたことにホッとして、思わず泣いてしまった。

すると吉井は「怖い思いをしたんだね」とやさしく慰めてくれて、保健室まで付き添ってくれたのだ。途中の階段で足をすべらせそうになって、吉井の胸でからだを支えられたときには、身震いするほど感動し、「女子でよかった！」と生まれてはじめて思った。

君枝はそのときの様子をトルソーさんで再現してみた。トルソーさんには腕がないので、君枝が吉井の役をした。

「やっぱ、吉井って、イイよねー」

陸とは大違いだ。陸は君枝のことを女子とは思ってないし、そもそも人間として扱っているのかも疑問だ。

高校に入ってまもなくのころ、君枝にはどうしてもたどりつけない教室があった。第一科学室へ行けないのだ。行こうとしてもなぜか別の教室に入ってしまったり、廊下をぐるぐる回っている。しかし、教師に訴えても、サボり癖のある反抗的な生徒と見るだけで、学校側は君枝の言葉を信じようとしなかった。

そのとき陸は、君枝が小さいころに隣に住んでいた不思議体質の君枝と同一人物と気づいて、ソフトクリーム事件を思い出し、冷静に対処した。君枝の首に梱包用のビニール紐(ひも)を付け、犬をひっぱるようにして、第一科学室に連れて行ったのだ。結果は成功だった。その後、移動教室のある数日間は、君枝は首に紐を付け、陸に連れられて行くようになったのだが、実をいうと、相手が陸でなくても、誰かと手をつなぐなどしていれば、君枝は第一科学室から拒絶されることはなかったのだ。陸が紐を付けたのはおまじないでも何でもなく「手ぇつなぐのは、恥ずかしい」というすっとぼけた理由だった。首を紐でつながれた君枝の気持ちなど、ちっとも考えないやつなのだ。

そんな経緯はともかく、入学早々のことだったので、首に紐の君枝は時の人となった。みんなは、君枝の身におきた不思議な現象を、霊による怪奇現象だと理解したのだ。ただひたすら不思議なことがあった、というよりも、霊の仕業などという理由がついていたほうが、人はたやすく納得するのだ。

それが吉井の耳にも入り、君枝は陸に強引に誘われて見学に行った陸上部のグラウンドで、親しげに話しかけられたのだ。

「おれも霊感強いほうで、チビの頃は大変だったんよ」

霊感少年の吉井は君枝に親近感を持ったようだ。やさしくて人気のある吉井から話しかけられたのは、正直言って嫌ではなかった。それで、君枝は否定しそびれたのだ。

「夜、ひとりでヘコんでるときなんて、枕元にうようよ小さな霊が集まってきたりさぁ。そんで酒盛りしてるんだ。君枝もそういうこと、あるんだろ？」

ない。断じて、ない。君枝は霊の存在を信じていなかった。だって、一度も霊に会ったことはないし、それに、幽霊が本当にいたら怖すぎるし。だから絶対に、信じていない。でも、霊感があると明言する吉井には言えなかった。

君枝の場合、単純に、不思議なことに遭遇しやすい体質なのだけど、それがわかっているのは今のところ陸だけなのだ。

なのに、君枝がずぶ濡れで窓から帰還し、窮地に立たされたとき、陸がしたリアクションは、「イリュージョン?」のひと言だった。

霊感少年の吉井が駆けつけたせいで、超常現象を信じる人は霊の仕業だと考え、合理主義者は陸の一声を支持し、人為的なトリックを伴う〝イリュージョン〟と理解した。

君枝は保健室で着替えた後に職員室に呼び出され、事なかれ主義の担任と学年主任から、授業中に海水をしたたらせながら三階の窓から教室に飛び込むような危険な遊びはしないように、とお叱りを受けた。人の注目を浴びたかったら、学問やスポーツで一番になって目立ちなさい、とも言われてしまった。

君枝は吉井のTシャツを着たトルソーさんの肩に、甘えるように両手を乗せた。

「なのに陸ったら、『君枝の不思議体質は、不思議体質と言う以外に説明のしようがない。あのときはオレの冴えたボケで、ごまかせたんだから感謝しろ』って言って、またアイスおごらされたんだから。ひどいでしょ、トルソーさん」

(ぼくならアイスはいらないよ。食べる口がないから、アイスなんて欲しがる必要はないんだ。なぜならアイスがなくてもぼくはぼくで、ぼくひとりで完璧な存在だからね)

「その自信の半分でもあたしにあれば、吉井にこのTシャツを返せたのにね」

（きみには顔も頭も手足もある。ぼくに必要のないものまでたくさん持っているのに、それ以上何がたりないんだ？）

「えーと、平常心……かなぁ？」

きょうの部活中に吉井の走りに見とれていたとき、「惚れちゃったの？」と、陸にからかわれて、思いっきり蹴りを入れてやったけれど、そのときから胸のドキドキがさらに強くなったような気がする。

吉井のことは前から気になってはいたけれど、いいな、と思う程度で、その気持ちが愛とか恋とかに変化するようには思えなかった。

きょうだって、吉井はいつも通りの吉井で、君枝だって見た目はまったく変化がないのに、心の中だけがザワザワしている。陸が言うとおり、惚れたのだろうか。人はそんな小さなきっかけで、恋をしてしまうものなのか、と、自分でも自分がわからない。

あしたはこのTシャツを返せるだろうか。

君枝はトルソーさんの背中にそっと両腕を回し、Tシャツの胸に頬を付けた。急にきのうの吉井の胸の感触を思い出し、照れくさくなってパッと体を離した。

「トルソーに抱きついて、あたしキモッ」

（ぼくは受け入れられないことなんてないんだ。完璧だからね）

「顔がないっていうのが、良くないのかもね。体型が似てるから、想像をかきたてられるっていうか……」

　君枝は、あるイタズラを思いついた。

　机にノートを広げると、最後のページを一枚破った。そこにサインペンで大きく顔の輪郭と目と鼻と口を描き、それをトルソーさんの頸の上にセロテープで貼り付けてみた。

「どう？　顔をつけてみた」

（どうって、悪ふざけがすぎるな。ぺろんとして安定が悪いよ）

　君枝は空のペットボトルや空き箱などの身近なもので、即席の顔を立体的にして、頸の上に安定するようにせっせと改良をした。

「何か見える？」

（目で見るってことになれてないから。でも、今のこの感覚が目で見るってことなら、見えているのかもしれない）

「鏡を見る？」

　トルソーさんに手鏡を見せると、不満そうだった。

（頼むよ。こう見えてぼくは完璧な……）

「これが完璧なトルソーさんの顔なのです」

　君枝はぴしゃっと言い返した。

「それから吉井のTシャツ脱いで。トルソーさんは吉井の代わりじゃないんだから」

（ぼくは、ぼくだから、ぼくなんだよ）

「はいはい、完璧なトルソーさん。そんなに凄いんだったら、吉井の前でいつものあたしにもどれるように、祈ってよ」

「誰としゃべってるの？」

母親が、急にドアを開けた。洗濯物を部屋に持ってきてくれたのだ。

「独り言」

吉井と言ってたのが母親に聞こえたのではないかと、ドギマギした。君枝の家では、家族で恋の話などはしないのだ。親子で恋バナができる人の感覚は、君枝にはさっぱり理解できない。

母親は、独り言の内容には立ち入らなかった。台所で弟が泣き出したので、気になっているようだ。

「この枕カバー、君枝のよね？」

「違うよ」

見ると、ベージュの地色に緑の葉っぱの模様だ。

「あらら。見かけない柄だなとは思ったんだけど、あなたよくいろんなものを拾ってくるから、てっきり君枝のだと思った。どこでまぎれこんだのかしらね。まだ新品みたいだし、せっかく洗濯したんだから、使っちゃいなさいよ。かわいくて、君枝にぴったりよ」

母親は君枝に押しつけて、泣いてる弟に言葉をかけながら忙しそうに部屋を出て行った。昔からアバウトな性格の人だった。

出所不明の枕カバーは清潔に洗濯されていて、アイロンをかけたようにぴしっとしていて、本当に新品のようだ。

「ま、いいか」

君枝は洗濯物をベッドに置くと、吉井に返すTシャツとタオルを丁寧にたたみ始めた。

四

「で、なんでオレが吉井にTシャツを返さなきゃなんないの」

部活の後、いつもの駄菓子屋で棒アイスを食べながら、陸が言った。

「じゃあなんであたしにアイスをおごらせてんのよ」

君枝は口をとがらせた。

きょうこそ吉井にTシャツとタオルを渡そうとした。ちゃんとお礼を言いたかった。でも、吉井の姿を見ると体も口もぎちぎちに固まって、できなかった。それがもう一週間。

「た、たぶん、不思議体質のせいだと思う」

「恋愛体質の間違いじゃねーの」

「ちっ違うよ。変な誤解しないでよ。あたし、これから保育園に弟をお迎えに行かなきゃなんないの。吉井がバス停に来るまで、待ってられないから」

「平次朗(へいじろう)、四歳だったよな？」

弟のお迎えは嘘の口実だったけれど、顔に似合わずチビッコ好きの陸は、急に目を細めた。

「そう。小六のときに生まれたから、あたしの中学時代の思い出は、ほとんどが子育て」

「いいな、チビの弟がいて。かわいいだろ」

「かわいいときもあるけど、ホントに大変なんだから。すぐ口ごたえするし」

「あ、吉井だ」

ギョッとする。陸の悪ふざけかと思ったけど、振り向くと本物の吉井が校門を出てバス停に歩いていくところだった。きょうは駄菓子屋に寄りそうにない。よかった、と君枝は思う。吉井と目が合いそうになるだけで、君枝は心をきゅっと摑まれたように苦しくなるのだ。

「珍しいな。吉井に連れがいる」

見知らぬ女子が、吉井の少し後ろを歩いていた。一緒に帰ろうとしているようだが、横に並んでないということは、それほど親しくないのだろうか。

「きれーなコだな」

陸のひと言に、君枝の心はボーッと炎をあげた。それは自分でもびっくりするような嫉妬の火だった。最初から勝負の見えたもので誰かに嫉妬するなんて一度もなかったのに、顎のラインでそろったボブヘアーをゆらゆら揺らした細身の美少女が、なぜかとことんにくらしい。

君枝は、陸に心の内を感づかれないように、ふつうの声で言った。

「誰だろう。妙に静かな雰囲気だね」

「だな。霊感少年に除霊を頼みにきましたって感じだな」

そうだ、除霊だ。君枝は陸の言葉に希望を託した。しかし、長くは続かなかった。

「吉井を好きだと言ってる女が二年にいるって先輩から聞いたことがあるけど、あんなきれーなコだったんかー。ずりぃぞ吉井、オレより背が低いくせに。よし、アイス食ったし、オレも一緒に帰ってやろう」

「うそ、マジで？」

陸の無神経な魂が、そのときばかりは神々しく輝いて見えた。

ふつうなら、二人の邪魔だからやめておけ、と引き留めるところだが、「行けーぃっ」と背中を押したいくらいだ。

「Tシャツなら返しておくから、さっさと平次朗を迎えに行ってやれな」

陸は、吉井のTシャツとタオルを入れたジーンズショップのビニール袋を君枝からもぎ取ると、ぶんぶん振り回しながら吉井たちが向かっているバス停へ歩いていった。

　君枝は自転車通学だ。バス停の様子が気になって、学校の駐輪場へ向かわずにその場で見ていると、陸は途中で気づいて振り向いた。

「そういや、あのマネキン、どうした？」

「マネキンじゃなくて、トルソー。自転車に乗せて家に持って帰ったよ」

「首なしと二ケツかよ」

「すれ違った車の人がびっくりしてたよ」

　陸は爆笑し、上機嫌でビニール袋を空に投げながら歩いていくうちに、吉井の後頭部にぶちあてていた。


　山の近くにある学校の利点は、帰り道のほとんどが下り坂だということだ。

　吉井は、たまたまあの子と二人でいただけかもしれない。まだなにもわかっていない。なのにどうして動揺するの……。

　君枝は燃える心を風圧で冷やすかのように、車道の真ん中をノーブレーキで滑走し、自宅に帰った。

　靴を脱ぐのももどかしく、自室に入る。と、何かを蹴飛ばした。トルソーさんに付けた即席の頭部が、重みに耐えられず落ちてしまったのだ。

「ごめん、蹴っちゃった」

床のそれを拾い、君枝はおやっと思う。トルソーさんの目の部分のインクが滲んで、まるで涙を溜めていたような痕跡があったのだ。

「これ、涙じゃないよね？」

自信家のトルソーさんが泣くはずがない。君枝は顔に呼びかけたが、返事はなかった。

「トルソーさん、聞こえてる？　顔がとれたせいで、怒ってるの？」

その顔には耳を描いてなかった、と気づき、君枝はノートを破って、耳付きの新しい顔を描いて、トルソーさんの頸の上に貼り付けた。

「これなら絶対に聞こえるでしょう？　聞こえないふりはできないよ。ねえ返事して」

(この感覚のことを耳で聞くというのなら、聞こえている。耳なんかなくたって、ぼくには感じることができていたんだけどね)

トルソーさんの声が心に響いた。君枝は心で聞き慣れた声に、安心した。

「ただいま。ぺらぺらだけど、今はその顔で我慢して」

(ないよりはましってことか)

トルソーさんは皮肉るように言った。

「あら。いつもみたいに、ぼくはぼくだからって言わないの、完璧なトルソーさん。あたしの話を聞いてよ。きょうね、吉井が年上の女と歩いていたの。歩いてただけなんだけど、なんか、嫌だった」

　君枝はハッとする。

　描いて貼ったばかりのトルソーさんの顔の両目から、黒い雫が筋となって垂れていたのだ。

「泣いてるの？」

　君枝はティッシュでぬぐってあげた。

（ぼくは、完璧じゃない）

　トルソーさんは弱々しく言った。

「この顔が嫌だった？」

（そうじゃない。ぼくは、完璧じゃないとわかってしまったんだ。ぼくはトルソーなのに、きみがぼくに顔をつけてしまった。トルソーに顔や手足をつけたら、トルソーと呼べないだろう。きょう、ふいに頭が落ちたときに、はっきりわかったんだ。ぼくはトルソーでもなんでもない、手足のないできそこないの人形になってしまったんだって）

「顔を付けたくなかったの？　だったら先に言ってくれれば良かったのに」

（言えるかい。ぼくは、顔というものを知ってしまったんだ。目で見ることや耳で聞くということを、知ってしまった。そして、いつかは鼻で匂いをかいだり、口を使って歌をうたったりするかもしれない。それをきみは今から取り上げて、もとのトルソーにもどれというの。ぼくはもう、ありのままの姿では、見ることも聞くこともできない。ぼくがぼくであるとき、ぼくは欠乏していることを常に感じてなくてはいけないんだ。ぼくから顔を外したところで、二度と完璧なトルソーにはなれない。顔だけでなく、自分には腕や手や足、たくさんのパーツが欠けていることにも気づいてしまった。そのことがとても悲しく、悔しいんだよ)

思いがけない言葉に、君枝はショックをうけた。

「ご、ごめん。トルソーさんを悲しませることになるなんて。あたしが顔や手足を作ってあげるから、泣かないで。いつもみたいに強気でいてよ」

君枝は夕食の準備も弟をお風呂に入れるのも忘れて、トルソーさんの頭作りに没頭した。吉井と一緒にいた女子のことを思い出さないためにも、余計な妄想をしないためにも、それは都合の良い作業だった。

五

「オレって『出会わない系サイト』に名前が登録されてんじゃないかなあ」

部活の後の、いつもの駄菓子屋でのことだ。

「なにそれ」

「出会い系って、出会いを求めて書き込むんだろ。逆に、出会いを求めない人が書き込むお断りサイトがあったっていいだろ？　そんでオレの名前が何者かによって『出会わない系サイト』にイタズラで書き込まれてるんだよ。オレの砲丸投げの美しいフォームを見て、惚れる女がいないなんて、ぜってぇーおかしいもん。そうに違いない」

「誰がわざわざそんなイタズラをするわけ」

アイスの棒を齧りながら、陸は思考を巡らして、言った。

「そうだなぁ。やっぱ、君枝とか」

「あたしのせいにする前に、日頃の行いを反省して」

「おまえに言われたかないよなあ。で、きょうの頼みは何？　恋のさや当て？」

「お宝拾い」

「またかよ。そのうちホントにゴミ屋敷になっぞ」

「だって、部品が必要なんだもの……」

急に君枝が黙ったので、陸は君枝が見ていたほうを追った。

「お、吉井が帰る。きょうは杏奈先輩、バレエの日だから一人なんだなー」

上原杏奈先輩というのが、きのう吉井と一緒に帰っていた二年の女子の名前だ。

「高校生になってもバレエを続けてるくらいなんだから、そうとういけてるんだろうなあ。彼女がバレリーナって、どんな感じなんだろうなあ」

「跳んだりくるくる回ったり、支えるのが大変じゃん」

「そんなボケがオレに通用すると思ってるわけ？」

陸はガツンと君枝の脳天にげんこつを落とした。でも軽い。何の気まぐれか、珍しく手加減をしてくれた。

「コクられたから、付き合うことにしたんだってさ」

陸の言葉が、ズキンと胸を貫通。げんこつの手加減は、二段攻撃だからだ。

「コクられれば付き合うの？　そういうものなの？」

「まさか君枝、じゃあアタシもコクっとけばよかった、なんて思ってんの？」

図星の君枝はとっさに嘘をついた。

「ちっ違うよ。そんな簡単な動機でいいのかなって思ったの。吉井って、ほら、霊感あるし、そういうの大丈夫なのかなって」

「杏奈先輩も霊感あるらしいよ。どうも嘘っぽいって、吉井は信じてなかったけど、きれーな娘ッコから好きって言われりゃ、男は悪ぃ気しねえべな」

「霊感カップルか。お似合いだね」

「んだ、んだ」

「なぜ急になまる」

「なまりてぇから」

陸は裏山の神社へ続く階段を登りはじめた。君枝が一歩遅れて境内で追いつくと、陸はぼそっと言った。

「あとな、海水ずぶ濡れ事件のあとから君枝に急に冷たくされたって、あいつ気にしてたぞ。君枝には高上がいるのに出過ぎた真似をして、嫌われたんだろうか、って」

うっそれは……。

「オレは関係ないし、気のせいだって、言っといた」

「ありがと」

君枝は落ち込んだ気分のまま、トルソーさんのための材料集めをして、家に帰った。

部屋にもどると、トルソーさんは、窓の外を熱心に見入っていた。

新しい頭部をつけたトルソーさんは、今朝、君枝が目覚めたときに、

(見ることに慣れたら、この部屋は退屈だ)

と、イライラしていたので、家を出る前に、レースのカーテン越しに外の様子が見られるよう、トルソーさんの位置を窓際に近づけてあげていたのだ。

「ただいま。何を見てるの?」

(その向かいの家は、ここととは違うようだね。いつもドアが開いていて、いろんな人が出入りしている)

「あそこは古着屋さんなの。お店だから、人が来るんでしょう」

トルソーさんの後ろから窓の外を見ると、ガレージを改造した店先で、古ぼけたマネキンがきどったポーズをとらされているのが見えた。

「お仲間がいるのね」

(彼女には、最初から顔も手足もあるんだね。ぼくには何一つないというのに)

トルソーさんが、我が身の不幸を嘆くかのように悲しいため息をつくと、インク色の涙がぽたっと落ちて、床のカーペットに染みをつけた。

「もう泣かないで。あのコと並んでも、見劣りしない体を作ってあげるってば！　きょうだって、材料集めてきたんだよ。陸が何に使うのかってしつこく訊いてくるから、ごまかすの大変だったんだから」

(ぼくに腕を作ってくれるかい。ぼくは、きみをしっかり抱きしめられるような、腕が欲しいんだ)

「やってみる。だから、悲しまないで」

(ぼくに脚も作ってくれるかい。ぼくは、きみと一緒に歩けるような、自由な二本の脚が欲しいんだ)

「わかった。トルソーさんの欲しいものは、あたしが全部作ってあげる。だから、これ以上、あたしの床に染みをつけないで。その顔、また作り直さなくちゃね。泣き顔のトルソーなんて、みっともないから。油性ペン、家にあったかなぁ」

君枝はトルソーさんのパーツの作製に取りかかった。

六

お昼休みに、風通しの良い冷えた廊下にペッタリ座って、君枝はぼんやりしていた。購買部にレモン牛乳を買いに行った友だちの帰りを待つのに、眠くて立っていられなかったのだ。

「君枝」

紅ショウガの千切りが一本、君枝のうわぐつの上にぽたりと落ちた。顔をあげると、購買部帰りの陸がいた。焼きそばパンを歩きながら食べていた。君枝はうつろな目のままうわぐつの紅ショウガを口に運んだ。

「……最近やつれてねぇ？」

「ただの寝不足ぅ」

トルソーさんの体を作るのに夢中になり、時間を忘れてしまうのだ。いつも明け方には寝ようとするのだけど、なかなか眠れず、朝が来る。

ベッドに入って、何もしない状態になると、吉井のことを考えてしまう。すると、涙があふれて止まらなくなってしまうのだ。いったん吉井のことを思うと、世界には二人以外は存在しないと思わずにいられないくらい、ほかのことが考えられなくなる。吉井と心が通じ合えないことが悲しくて、苦しくて、いつからこんなに好きになってたんだろう、と、自分でも不思議でたまらない。

それが四日も続いていた。

「枕が悪いんじゃないの」

陸はのんきに言った。

「オレの腕枕なんて最高よ。といっても、君枝には貸さないけどな」

「枕はずっと同じだよ。最近、枕カバーは替えたけど。それのせいってことはないよねー、ははははのは」

「ははははのはって、君枝んちって、毎日枕カバー替えないの？」

「あれって毎日替えるものなの？」

「洗うだろ、ふつー。もしかして君枝はパンツも替えてない？」

「アホ。下着は替えるよ。じゃあ陸の家はシーツも毎日洗うの？」

「シーツは毎日じゃない」

「じゃあ枕カバーだって毎日替えなくたっていいじゃないの」

「いやいや、枕カバーは直接肌が触れるじゃないか。洗わないのは不潔だよ、不潔」

「どうでもいいよそんなこと。使ってるのはあたしなんだし、あたしの家はいっぱい汚れてから洗濯するやり方なの！」

　廊下の先に、上原杏奈の姿が一瞬見えて、つい、感情的になってしまった。

「そんなに怒ることかよ」

「きょうは部活休むー」

「女子部の部長に言えよ。朝練もサボったくせに。先輩、心配してたぞ」

　陸は急に腰を落として、囁き声で言った。

「吉井もな。君枝が何かに憑かれてるみたいだって、言ってた」

　涙が出そうになって、ぐっと堪えた。

　吉井は、君枝のことを正しく理解してくれていない。

「なにそれ、あたしは霊なんて信じてないよ。よ、吉井のことは言わないでよ。吉井は関係ない」

「バーカ。その反応、関係有りじゃん。なにヘコんでんだよ。振られたわけでもないのにょう」

　ズキン、と言葉が心臓を貫いた。

　陸って、腕力だけじゃなくて言葉で人を傷つける才能があるかもしれない。しかも、傷つけた相手の顔を見て、ニヤニヤ笑ってやがる……。

「よ、吉井、吉井ってけしかけてきたのは陸じゃないの！」

君枝は、陸を力一杯突き飛ばし、自分もよろけて転んだ。

「何するんだよ、うわっ」

先に立ち上がって、蹴りを入れてやった。蹴って蹴って、陸のバカが立ち上がってこないよう、何度も踏んづけてやった。

「キミちゃん、もうやめなよ！」

女友だちに止められて、我に返った。

君枝は泣きながら、陸を足蹴にしていた。すでにその力は弱く、いつもの陸なら逃げ出して反撃するような、弱々しい蹴りだったのに、陸は亀のように背中を丸めて、君枝の蹴りを受け止めていたのだ。

廊下には騒ぎをききつけた生徒たちが集まっていた。君枝はあわてて手の甲で涙を拭いたが、野次馬の中にいた吉井と、君枝はばっちり目があってしまった。

見られてた。

その一対の視線は、陸の言葉なんかよりも、きつい一撃だった。

気を失うんじゃないかと思うほど、痛くて、熱くて、からだは沸騰し、頭の中は真っ白になった。

——あたしは吉井が好きなんだ。もう自分では、どうしようもないほど、好きなんだ！

君枝は吉井から逃げるために、背を向けて走った。走って走って、学校からも逃げ出して、いつもは自転車で通う道のりを全力で走り続けた。

これが恋だって気づかなければ、こんな気持ちにならなかった。胸が焦げてゴチゴチになるような嫌な気持ちに。

あたしはやきもちを妬いている。嫉妬してる。それだけじゃない。つらくて寂しくて、今まで以上に吉井のすべてが欲しいのだ。あたしの心の中にいつも吉井がいるように、吉井の心の中も全部あたしで埋めつくして欲しい。傍にいて、あたしのために何かをして、あたしのために何かを考えていて欲しい。あたしを見て、あたしの声を聞いていて、あたしのために吉井の声を聞かせて欲しい……。

あたしは吉井を、欠乏している。だけどそれは、吉井本人であっても決して補えない欠乏なんだ。だって、吉井はあたしのものにはなれないし、なったとしても吉井だけではきっと足りない。吉井の存在以上に、ふくれあがった吉井が欠乏しているんだから。心の中で風船が膨らんでるみたいに、実体のない熱い思いが胸を圧迫して苦しいんだから。

そして、愛されたいと願えば願うほど、自分が惨めになっていく。あたしはきれいじゃないし、やさしくないし、素直でもないし、正直になる勇気もない。他人から愛されるには、足りないものばかりなのだ。

あたしはあたしですが、それが何か？　と、裏づけのない自信で他人を突き放していられた自分は、どこにもいない。

トルソーさんは、今のあたしと同じような絶望を感じてしまったのだろうか。

「助けてあげなきゃ」

今は、トルソーさんの欠乏を埋めることだけが、君枝の心を救えるような気がした。


「トルソーさん！」

誰もいない家の鍵を開けて、部屋に飛び込む。

トルソーさんが早い帰りを大喜びで迎えてくれると君枝は期待していた。

おとといは両腕を、ゆうべは仮の脚をつけたところだ。まだ調整の途中でできばえは良くないけれど、トルソーさんは、パイプの猫足ではなく、自分の脚で動けることをとても喜んでくれたのだ。

「トルソーさん？」

部屋にトルソーさんの姿はなかった。窓が細く開いていた。トルソーさんは窓から抜けだして、どこかへ歩く練習に出かけたのだろうか？

君枝は窓を大きく開け、そして、信じられない光景を見た。

古着屋の店先で、店のマネキン女とトルソーさんが楽しげに語らっているではないか。

「そこで何をやってんの！」

君枝の声に、マネキン女とトルソーさんは、ギクリとした。

「まだ調整の途中なんだから、勝手に出歩かないでよ。それに窓を開けっ放しにするなんて、不用心でしょ」

「いやあ、これはその……。この脚は、よい具合だよ」

「口でしゃべれるようになったの。すごいじゃない」

マネキン女とトルソーさんは何かを相談するように小声で話してる。怪しい。マネキン女が上原杏奈と同じボブヘアーなのも気に入らない。

「今すぐもどってきてよ。玄関の鍵、開いてるから」

君枝は玄関にまわって待った。だけど、トルソーさんはなかなか現れなかった。不審に思いサンダルをはいて古着屋の方へ歩いていくと、いつもの場所にマネキンが立っていない。トルソーさんの姿もなかった。

「スミマセン、ここにあったマネキンは？」

古着屋のオジサンに聞くと、その人はあわてた。

「えっ、ない？　おやまあ忽然（こつぜん）と消えちまった。イタズラか？」

オジサンが広い通りに抜ける路地を小走りに様子を見に行ったので、君枝もついていった。学校からの長い距離を走ってきた後なので、疲労した体ががくがくしてきて、追うのがつらい。

「見あたらないな」


オジサンはあきらめてもどった。重たい足を引きずりながら君枝も路地をもどりかけたそのとき、二つの影が見えた。

遠目だが、間違いない。交差点のひとつ先の歩道橋の上を、トルソーさんとマネキン女が手に手を取って逃げていく姿だった。

七

寝不足と長距離走とトルソーさんの裏切りで、疲れ果てて部屋にもどった君枝は、ベッドに顔を埋めて泣くことしかできなかった。

——うそつき。あたしがつけたあの腕は、あたしを抱きしめるための腕じゃなかったの。あの脚は、あたしと一緒に歩くためにつけたんじゃなかったの！

泣きながらうつらうつらうつら眠り、眠りながら泣いていた。浅い眠りを繰り返していると、枕元で誰かがおしゃべりをしているような気がした。夢か、空耳か？　眠りの中で意識を向けると、大勢の人が集まって騒いでいるようだ。

〝豊作だぁ豊作だぁ〟〝でっかくなったな。収穫しよう〟〝うまいスイカがたっくさん穫れるどー〟

前に、吉井が言ってたことを思い出す。『夜、ひとりでヘコんでるときなんて、枕元にうようよ小さな霊が集まってきたりさぁ。そんで酒盛りしてるんだ』……やだ怖い。不思議現象は耐えられるけど、霊は嫌。絶対に嫌。

筋肉痛で体じゅうが痛いが、君枝は堅く目をつぶったまま、一気にガバッと体を起こした。それからそおっと薄目を開けてみた。

ベッドの周りに何も変わったところはない。心霊現象にしては陽気な声だったし、夢か気のせいだったのか。泣きすぎて耳が変になって、心臓の音がザワザワ聞こえていたのかもしれない。

リビングのほうから、弟がキャッキャッと笑う楽しげな声がしていた。

「おおー、平次朗は力持ちだなあ」

陸の声だ。時計を見ると夜の七時を過ぎていた。急いで顔を洗ってリビングに行くと、制服姿の陸が、弟と遊んでいた。

「なんでうちにいるの」

「やっと起きたか。かばんと自転車、持ってきてやったぞ」

「自転車の鍵はどうしたのよ」

「壊した」

「ひどっ」

「明日の朝、歩いてガッコ行くよりましだろ」

「どうしてうちがわかったの」

「担任に電話番号訊いたし。部活の後にかけてみたら、君枝のおふくろさんが出て、あらまあ懐かしいわって。何度もケータイかけたのに反応ないから心配してたっつーのに、君枝なら家でグースカ寝てるっていうから、そりゃあもうムカついて、寝顔を見てやろうと思って、家の場所を教えてもらった。おまえ、高校でオレと再会したこと、家で話してなかったんだなあ。オレってそんなに影薄いの」

「学校のことなんて、親にいちいち話さないよ」

おにーたーん、と弟が甘えた声を出して陸に抱きついてきて、話が途切れた。

君枝の家では、小さい弟が家族の話題の中心なのだ。君枝も、それを良しとしている。

「無事な顔見て安心したから、帰るわ」

「陸ちゃん、夕ご飯食べて行きなさいよー」

母親が台所から声をかけた。

「いえ、もう帰ります。ちょっと寄っただけですから。突然お邪魔してスミマセン」

陸はいつもと別人のように低姿勢でぺこぺこ頭を下げると、帰り支度をしながら君枝に訊いた。

「で、ここまで自転車で来たのはいいけど、オレってどうやって帰ればいいの。ここから最寄りの駅に出る方法は？」

　陸は毎日バスと電車を乗り継いで隣の県から通学している。いつも抜け目のない陸が、帰りのことを考えずに行動したのは、ちょっと、らしくない。

「自転車で送っていくよ。十四、五分で、駅にいけるから」

「サンキュー」

　外に出ると、地面がしっとり濡れていた。

「雨降ったんだね。知らなかった」

「ちょっと前に夕立が来たよ。そろそろ梅雨明けだね」

　陸は夕立の中を君枝の自転車に乗って逢いにきてくれたんだろうか。君枝は訊いてみたかったけど、陸から恩着せがましいことを言われるのが嫌だったので、黙っていた。

　陸が自転車の前に乗り、君枝は後ろに乗ることになった。君枝のナビで走り出すと、陸は言った。

「謝罪の言葉が聞きたいんだけど」

「なんで」

「部活で着替えるときに見たら、わき腹にあざができてた。オレ蹴って、すっきりしたべ？」

「ごめん……」

君枝は反射的に言い、あのときの陸の態度を思い出して、沸騰するように腹を立てた。

「っていうか、何で反撃しなかったの。いつもみたいに蹴り返せばいいじゃん。あれじゃ無抵抗の相手を虐(いじ)めてたみたい。どういうつもりよ！」

陸は言いにくそうに答えた。

「それは、君枝が……泣いてたから。保育所のまゆこ先生が、いつも言ってたじゃん。相手が泣いたらケンカは終わりよって」

「知らねーよ、まゆこ先生なんか」

「あ、やっぱし？」

陸は、ちょっと笑った。後ろ姿で顔が見えないけれど、笑ったのがわかった。

「で、家に帰ってまた泣いてたん？　まぶたが一重(ひとえ)になってたぞ」

陸は意地悪なことを訊く。

「吉井のことじゃないよ。トルソーさんがいないの。逃げちゃった」

「どうやったらあんなのが逃げるんだよ」

「脚をつけてあげたの」

「アホか」

「どうせあたしはアホだよ。アホだから、逃げられちゃった。マジ情けないよ。トルソーさんをどこかで見かけたら、教えてよね」

「君枝ってさ……。そろそろ卒業したら？」

陸は急にまじめな声で言った。

「不思議体質なのはしょうがないけどさ、そんな話、ふつう、おかしいって思うだろ。なんで疑問に思わないで、まんまと巻き込まれていくんだ。一度は否定してみたら？」

「おかしいとは思ってるよ。でも、しょうがないじゃん。自分を否定して、どうにかなるもんなの？」

「金縛りにあったときに、あっちいけって強く願うと追い払えるらしいじゃん」

「金縛りとは違うもん」

不思議議体質に理解を示してくれていた陸でさえ、あたしのことはちゃんとわかってくれないんだな、と君枝は思い、寂しく感じた。

過去を振り返れば、君枝が不思議現象を惹きつける体質をはっきり自覚した頃には、誰も君枝の話を信じようとはしなかった。小さい頃は、どんな話もおもしろがってありのままを聞いてくれたのに、その頃になると幼稚な作り話だとみんなに否定されたのだ。

君枝の不可解な言動は、親の離婚や再婚や弟の誕生による心理的な打撃として大人たちには処理された。つまり、君枝は誰からも正しく理解されてなかった。義理の父からは同情されたが、君枝は父親に気をつかわれるのが嫌だったので、そのとき以来、不思議現象がおこっても、詳しく人に話すことをやめ、自分はそういう体質なのだと受け入れることにした。そうやって不自由を納得し、乗り越えてきたのだ。

しばらく会話がとぎれ、赤信号でとまったとき、陸はぽつりと言った。

「なあ、キスしていい？」

「やだ！」

即答だ。

「じゃあ、いいや」

「いいやって、何なのその軽さ。なんであたしが陸とそんなことしなきゃなんないの。頼めばあたしが陸にさせるとでも思ってんの。ヤダもう急に発進しないでよ」

「信号が変わったんだよ。おまえがなあ、もうちょっとオトナになって察してくればなあ」

「何が言いたいの」

「好きでもないやつに、オレが何度もアイスおごらせる男に見えるのかよっての！」

「いっつもあたしにおごらせといて、その言い方は何なの？　どうして陸はいつも傲慢なの？　あーっ、自転車ストップ！　トルソーさんがいた！　見つけた！」

君枝は自転車の後ろから飛び降りた。

分譲中と看板が出た空き地に、トルソーさんが仰向けに倒れていた。

夕立に打たれたせいで、紙で作った顔はどろどろになっている。白手袋をシャツの袖に縫いつけて、骨の代わりにワイヤーを通した腕は水たまりに浸かって、中につめたボロ布が水を含んでぐしゅぐしゅだ。

「トルソーさん、大丈夫？」

（あの女、ほかにも男がいたんだ。犬をけしかけてきやがって）

「あーあ。お父さんに借りたスウェットが汚れてる。靴の片方はどこにやったのよ」

君枝がトルソーさんの体を立たせようとすると、頭はぐらつき、固定が甘かった腕や脚は、ぽろりと落ちてしまった。

（ああ、ぼくのからだが……）

「もう使えないよ。きっとボディーも濡れて汚れちゃったよね」

「君枝」

陸は行き過ぎた距離をもどって、歩道に自転車のスタンドをたてた。

「見てよ、陸。ひどいでしょ。あたしはいっぱい親切にしてあげたのに、トルソーさんはあたしの気持ちなんて全然考えてくれないんだから」

（きみは、ぼくの気持ちを考えたのかい）

「考えたから、トルソーさんのお願いを聞いてあげたんじゃないの！」

「君枝、送るのはここまででいいよ。どうせコイツを家に持って帰るんだろ」

「そうだけど、まだ駅まで半分くらい距離があるよ」

「あと二、三キロなら、走りゃすぐだよ」

「いいの?」

「いいよ、君枝。いいんだ……」

陸は言葉をかみしめるように繰り返した。

「もう、いいから」

八

トルソーさんのボディーに滲(し)みた水の跡は、乾いても完全には消えなかった。トルソーさんを連れもどせたのはよかったけれど、裏切られたのが悔しくて、君枝の腹の虫はいつになっても収まらない。君枝は、トルソーさんに顔や手脚をつけず、窓の外が見えない向きで、裸のままで立たせておいた。

(ぼくの顔を返してよ。腕や脚を元にもどしてよ。汚れた部分を隠してよ)

「いや。絶対にいや。これは罰だから」

(きみにはぼくを罰する資格があるんだろうか)

「だって、トルソーさんの足りない部分は、全部あたしがつけたんだよ。あたしのために腕や脚が欲しいって言ったのに、トルソーさんはあたしを騙(だま)したの」

（あのときは、本当にそう思ってたんだよ）

「信じない」

（そんな怖い目で、足りないものだらけのぼくを見て、きみのなにが救われるんだい）

「救うとか救われるとかの問題じゃないの」

（ぼくはトルソーなんだ。トルソー以外に、どうだというんだ）

「トルソーさんは、あたしのトルソーさんなの」

（いいや違うね。きみはぼくをぼく以上のものに変えようとした。ぼくはきみの人形じゃない。ぼくはただのトルソーだ。しかも汚れてしまったよ。よく見てごらん。ぼくはきみに最初に拾われたときから、一台のトルソーに過ぎなかったんだよ。……ああ、そうなんだ、ぼくはトルソーだったんだ……ぼくは、単なる、トルソーなんだ……ぼくは…………）

それっきり、トルソーさんは、しゃべらなくなってしまった。

「ねえ、何か言ってよ！」

話しかけても、トルソーさんは答えない。雨水が滲みて傷（いた）んだトルソーとして、部屋にたたずんでいるだけだ。

ベッドに横になるたび、涙があふれて止まらなくなる。泣いても泣いても、涙は不思議と涸れなかった。もう何のために泣いているのかも、君枝にはわからない。なのに涙があふれてくる。そしていつの間にかうとうとしている。と、誰かの話し声が聞こえてきた。前に、夢でみたのと同じだ。大勢の人が枕のまわりに集まってざわついている。吉井の言ってた幽霊だろうか。

〝豊作にカンパーイ〟〝今度のスイカ酒は最高のできだねえ〟〝それ歌え、やれ踊れ〟〝本当にいい雨場を見つけたねえ〟

陽気な声だった。

君枝は寝惚(ねぼ)けながらも、その声がリアリティを持って聞こえることを感じていた。まるで、コビトたちが部屋で騒いでいるようなのだ。

〝おーい、スイカ太鼓はまだか。こっちに持ってきてくれぃ〟

そのうち小さな何かが君枝の枕に近づいてくるかすかな振動を感じた。気になる。とっても気になるけど、まだ動いても目を開けてもいけない、これはきっと夢で、夢と気づいたとたんに覚めてしまうものなのかも……。

ガバッ！

君枝は目を開けるとともに、それを両手で摑まえた。

見慣れたはずの自分の部屋で君枝が見た光景は、信じられないものだった。

部屋中の床に、蔓(つる)性の植物が伸びている。それはハッと身をすくめるように一呼吸置いたあと、すごい速さでしゅるしゅると葉と茎を縮めて、君枝の枕カバーの植物模様の中にシュポンと収まったのだ。

「な、な……」

君枝はベッドから飛び降りた。

確かに、植物は枕カバーの中に消えた。

「な、仲間をひとり摑まえた。出てきなさい！」

君枝の手の中でジタバタしているのは、手のひらサイズの人間のようだ。

床には、ゴルフボールくらいの小さなスイカがひとつ転がっていた。夢じゃない。

「仲間を見捨てるの？　あたし、一瞬だけど全部見たよ。スイカ酒飲んで、葉っぱの下で踊ってたでしょう。他人の家で、勝手に何なの！　警察呼ぶよ。それとも害虫駆除にする？」

警察がコビトに対応できるのかわからなかったが、そう言うしかなかった。

「もし。そいつはまだ子どもだ。どうか放してやってくだされ」

長老らしきコビトがベッドの陰からひょこひょこ現れた。

それにあわせて、ほかのコビトたちも姿を現した。みんな日焼けした肌にほっそりした体型で、同じような顔つきをして、赤と緑と黒の素朴な文様の民族衣装を着ている。

「われわれは、ユウノウ民。国を持たない流浪の少数民族です」

「ユーノウミー？」

君枝は手の中のコビトを逃がさないよう、顔だけ出させてゆるく摑んだまま訊いた。

「家畜とともに移動しながら生活している遊牧民をご存じですな？　われわれは古代から大地に縛られずに作物を育てている遊農民です。われわれは、あなたに危害を与えることも、暮らしを阻害するつもりもございません」

「土地がないのに農業ができるの？」

「ええ。先祖の知恵により、耕作地を持ち運ぶことができるのです。例えばわれわれの部族では、その枕カバーが農地なのです」

「これ？」

君枝が枕を指さすと、長老と一族はカクッと一斉に首を右に倒した。頷くような、肯定を意味する動作なのだろう。

「われわれは農地を雨場に運んで、作物を育てて暮らしています。神から与えられたわれらが伝統的な作物ナミダスイカを育てるには、あなたがたのサイズの人間の涙が一番適しているからです。われわれの畑を枕にすると、たいていの人間は心を刺激され、乳牛がお乳を出すように、ぼろぼろ涙を流すのですよ。それはそれは面白いようにね。これも先祖の知恵ですな」

「知恵？　ちょっと待ってよ、じゃあ」

――毎晩毎晩泣いてばかりいたのは、こいつらのせい？

「こんな枕カバーは燃やす！」

「や、やめなされ。民族問題に発展しますぞ」

「痛っ」

摑まえていたコビトに指を嚙まれた。

「燃やすったら燃やす。泣かすってことは、危害をあたえてるってことだよ」

「いいえ。昔から、涙は心の汗と申します」

「バカ言ってんじゃないわよ」

枕からカバーを外したとたん、突風がおきた。

「もうここにはおられない。皆の者、乗り遅れるな。空を渡ろう」

見えない力でがらりと部屋の窓が開くと、枕カバーは、すごい勢いでばたばた羽ばたいて、コビトたちを乗せて夜の中へ飛んでいってしまった。

彼らは新たな雨場を求めて、さまよい続けるのだろうか。

「そんなバカな……」

君枝は茫然と闇夜をみつめ、遠くで雷鳴がとどろくのを聞いて、窓を閉めた。

あたしは枕カバーのせいで悲しんでいたってこと？　今まで吉井のために流した涙も、枕カバーのせいだってこと？

それは違う。あたしは恋をして泣いたんだ。あれは絶対に恋だった。

だって吉井のことを考えると、今でも……今でも……？

あたしは吉井の何に恋していたんだろう。やさしいところ？　走る姿やバランスの良い体格？　それとも霊感があると言いふらす風変わりなところ？　でもあいつは、あたしのことを何一つわかっちゃいないんだ。あたしに興味があるような態度をしていたくせに、きれいな先輩からコクられると、好きでもないのに付き合ってしまうやつなんだ。そんなのずるいよ。そんな軽薄な男のどこがいいわけ？

涙は不思議と出てこない。好きだった気持ちまで、枕カバーと一緒に飛んでいってしまったのだろうか。

君枝は、裸の枕にぼこぼこパンチを繰りだした。

信じない。遊農民なんていているわけない。だってもう、ここにはいないし、そんな民族、教科書にだって載ってないし。

あたしは長い夢を見ていたんだ。枕カバーは最初からここになかったに違いない。トルソーだってきっと最初から汚れていたのだ。でも、あたしの恋は、本物だった。あたしは不思議現象なんかに惑わされたりはしていない。ただ、現実の吉井以上に、頭の中で大きくなった吉井に恋をしてて、それはまるでトルソーに恋をしているような独りよがりだったから、それがわかった今は、ちっとも悲しくないってことだ。

君枝はその考えに満足した。

そう考えると、汚れたつまらないトルソーを、いつまでも部屋の中に置きたくなかった。

「そうだ。返しに行こう」

出かけるには遅すぎる時間だったが、君枝はすぐにトルソーを自転車に乗せ、懐中電灯を持って大舟山に向かった。

上り坂にさしかかると、雷鳴がいちだんと大きく聞こえてきた。だけど、君枝は一秒でも早くトルソーとの関わりをなくしてしまいたくて、ペダルを漕いだ。最初に見つけたときのように、狸注意の標識のあるカーブの下のゆるいくぼみに、トルソーを返すのだ。

君枝はこれまで、ものを拾うことはあっても、捨てることをしてこなかった。

余分なものを捨ててしまえば、身軽になるのだろう。こだわりのないシンプルな人間になれば、君枝はみんなに理解されやすくなるはずだ。不思議体質の君枝がこれまでひとりで抱え込んでいたものは、他の人には意味を持たない邪魔なガラクタのようなもの。だとすれば、捨てるというのは、なんと爽快なことだろう。今の君枝には、現実以外は必要ない。

雨粒が落ちてくる前に君枝は目的地に到着し、ガードレールをまたぐと、トルソーを道のきわに置いた。

「さようなら、トルソーさん」

なだらかな崖下に押しやるようにトルソーの背中に触れると、それは生い茂る夏草の上を滑り落ちていく。

と同時に、君枝の耳元にはガサガサッと大きな音が聞こえていた。

斜面を滑り落ちていたのは、君枝の体だったのだ。

第二章

——あの人の傘

一

君枝は、新しい傘のまんなかをバトンのように持って、朝の集団登校の集合場所に向かっていた。少しでも気がゆるむとバトントワラーみたいに振り回したくなるが、ぐっとガマンして、胸の前で構えるように固定する。傘の取っ手を持つと、どうしても杖のように地面をガツガツ突きたくなるから、歩きにくいけれどこうするしかないのだ。

きのうその傘を買ってきた母親が、君枝に渡す前に念を押したのだ。またすぐに傘が壊れたら困るから、傘を突いたり、引きずって歩くことは、絶対にしてはいけない、と。それに、もう三年生なのだし、女の子らしくしなさい、と言われた。

女の子らしい傘の扱い方がどういうものか、君枝には見当も付かなかったが、わからなくても母親には訊かないことにした。君枝の些細なひと言をきっかけに、土砂降りの雨のような小言がヒステリックに降ってくることが予測できたから。母親のご機嫌に関しては、君枝は天才予報士だった。

今朝、テレビで気象予報士が「午後から雨になりそうです。傘のご用意を忘れずに」と嬉しげに言ったとたん、母親は険しい顔をしてチッと舌打ちをした。玄関で新しい傘を渡されるときには、雨が降ってもけっして差すんじゃないよ、と言いたいのを堪えているような表情で、「壊さない、失くさない、置き忘れない、丁寧に使う、おもちゃにしない」と復唱をさせられて、君枝は家を送り出されたのだ。

君枝が傘を持って学校へ行くのではなく、傘のおつかいのために君枝が学校へ行かされているような気分だ。世界が傘を中心にまわっているため、君枝はまっすぐ歩けずに、三メートルも歩かないうちに二度も転びそうになった。

いつもの神社の林の曲がり角さえ通り過ぎそうになった、そのとき、

〝――――ッ！〟

鋭く、甲高い音が耳に届いて、君枝は母親に張られた傘の結界からポンッと抜け出したのだった。

その音は、言葉にしたら〝ピギョーッ！〟と叫んだ感じだ。昔絵本で見たプテラノドンの子どもの姿を君枝は思い浮かべたが、角を曲がって集合場所のコイン式自動精米機の前に集まっている学童の姿を見て、それが音楽の授業で使うソプラノ・リコーダーの音色だとわかった。

リコーダーは管頭部の穴をふさいで強く息を吹き込むと鋭い音が出て、素晴らしい騒音のおもちゃになる。君枝のクラスでは、初めてリコーダーが配られたとき、担任の先生から「登下校のときは吹かないこと」と約束させられたが、陸のクラスではそういう決まりがなかったらしい。

高上陸がリコーダーを吹き鳴らしていた。陸は、隣の家に住んでいる同い年の男の子だ。

「ソラシーラソ、ソラシラソラー」

まだリコーダーを持ってない一、二年生が、わーっと喜ぶ。登校班の班長の六年生が「ラーメン食いてぇー」と、空に絶叫する。

陸はますます得意になって、チャルメラのメロディーを吹き鳴らす。

「ソラシーラソ……」

陸のクラスは、もうソの指を習ったのだ。

陸と君枝は、一、二年のときは同じクラスで仲良くやっていたけれど、三年でクラスが分かれてから、友だちというよりはつまらないことで張り合うライバルみたいになってきた。家同士も、学校の担任同士も、本当は仲が良くないらしい、と子ども同士が大人の事情にいつの間にか気づいてしまったことも、二人がぎくしゃくしだした原因かもしれない。

君枝のクラスの授業の進み方は、いつも陸のクラスより遅い。保護者の間では丁寧な指導をする先生だと評判であっても、子どもにとっては他のクラスに遅れを取ることは、敗北したのと同じだ。

「ソラシーラソ……」

君枝のクラスがシとラの指しか習ってないのを知っていて、陸は君枝に自慢するためにわざとやっている。

こんなときは、陸を無視するのが一番いい。

君枝は「おはよう」と陸以外の登校班のみんなにあいさつをする。人数を数えると、ビリではなかった。あと一人、万年ビリの五年生の女の子が来るのをみんなで待つ。

「ソラシラソラー……ピギョーッ！」

わざと見ないようにしているのに、陸は君枝の耳元で吹いたり、顔をのぞき込もうとする。

「うるさいよ」

君枝の鼻先に向けてきたリコーダーを払いのけると、陸は痛ッと口を押さえた。吹き口が歯に当たったのだ。君枝は、しまった、と思うが、口では別のことを言っていた。

「陸がしつこいからだよ。いい気味」

「痛ぇ、歯ァ折れた。慰謝料百億万円」

「うそっ、ごめん！」

「へへーん、騙(だま)された。ざまあみろ」

「陸！」

君枝は陸の背中のランドセルを傘で打とうとバットのように振り上げた。しかし母親の冷たい目を思い出してハッと硬直する。

バーカ、と小さく毒づいて、傘をしぶしぶ胸の前に納めた。

君枝の傘攻撃に背中で備えていた陸は、予期した一撃がなかったことに不満のようで、新たな挑発をするために、リコーダーににやけた唇を当てて吹く。

「シ、ソー。シ、ソー」

カッコーのつもりだ。

「くっだらない」

悔しいが、陸のリコーダーは本物のカッコーみたいにうまかった。君枝はつい陸の口元に見入ってしまった。

「なに見てんだよ、エッチ」

陸が照れくさげに言ったので、君枝は恥ずかしくなった。陸の唇に見とれていたんじゃない。タンギングの仕方を知りたかったのだ。

君枝は前回の音楽の時間に先生から「トゥートゥートゥーと舌を使って吹く」練習を宿題に出されていた。だけど、下手だとわかっているから気が乗らなくて、練習はまったく進まない。

――そういえば、きょう音楽あるじゃん。あれっ、リコーダーって家に持ち帰っていたかな。それとも学校のロッカーに入れてたかな。どっちだっけ……？

万年ビリの五年生の女の子がスニーカーのかたっぽを履きながら通りに出てきたのと、君枝がリコーダーの所在に不安を持ちだしたのは、ほとんど同時だった。

「忘れ物したかも。先に行っててください」

班長に言い、君枝は来た道を逆にかけだした。

「ばっかでぇー。ピギョーッ！」

陸の声と笛の音に、ムカついた。アカンベーくらいしてやろうと、走りながら振り返ろうとしたら、胸の前で大切に持っていた傘がすとんと滑り落ちて、股の間に挟まってバランスを崩し、君枝は見事にすっ転んだ。

完全なる自爆だ。猛烈に恥ずかしく、痛恨の極みである。

「キミちゃあん、だーいじょおぶぅ？」

万年ビリの五年生の女の子から心配されたのも、君枝にとっては屈辱だった。陰でドブ子と呼ばれるあの子よりは何倍も上等な人間なんだと、一年生でさえ公然と、子どもらしい狭い心で蔑んでいる相手だ。陸やみんなの見ている前であの子から情けをかけられるなんて、一生の恥。

君枝は何事もなかったように立ち上がると、それまでと同じ速度で走り続けて神社の林の曲がり角を曲がった。

曲がってから、体の痛い場所を確認すると、右膝をすりむいて、血が滲んでいた。一瞬、うるっと泣きそうになったが、小声で毒づいて、涙を堪えた。

「陸のバカ。タンギングのバカ。ドブ子のバカ」

傷に唾を付ける。それから、傘の無事を確認し、ほうっとため息をついた。

忘れ物と遅刻は、どちらのほうが悪いことだろう。でも、この怪我を見れば、痛くて走れなかったこと、先生はわかってくれるかな……。お母さん、怒るかな……。でもさ、今朝、ランドセルの中身を確認したときにリコーダーのことをすっかり忘れていたのは、全部新しい傘のせいだから。

「傘のバーカ」

《あたいを侮辱したら、ヘビになって逃げちまうよ！》

傘が全体を震わせて、怒鳴ってきた。

言葉に合わせて振動したのだから、傘の声に間違いはない。

「ご、ごめんなさい」

《フンッ、あたいも、いけ好かない悪童の持ち物になっちまったもんで、こりゃサイアクだね。早々にボキッと逝くかね、ボキッと……ウッ》

手の中で振動する傘を、君枝が強く摑むと、息を詰まらせるように動きを止めた。

――なんかこの傘、嫌だ……。

強く握ったまま家に向かって歩いていこうとすると、傘が突然ぐったりした。君枝は動転し、手をゆるめる。

《ハァー……やっぱりボキッと逝くんだよ。なんと短い一生だったことか。あたいはまだ

雨を見たことがない。傘に生まれついた者が雨を知らずに逝ったら、成仏なんてできないだろね》

それは、弱々しくて情けない振動だった。

「長く使うってお母さんと約束したんだから、ボキッとはしないよ」

《この悪童め、あたいの情けないありさまを見て、笑ってるんだよ。このウスノロマヌケに長く使えるはずがないのに、なんて酷なことを言うんだろ》

「うるさい！　おしゃべりな傘は、ボキッとするよ」

《………》

傘を黙らせることに成功した。下手(したて)に出てはいけなかったのだ。所詮、相手は傘。扱い方を覚えた君枝は、晴れやかな気分で再び歩き出した。そのとき、

（にごりたくない）

「なに？　勝手にしゃべったらボキッとしちゃうよ」

反射的に傘に言ってしまったが、それは傘ではなかった。傘はぴくりとも動いていない。何者かの囁(ささや)きが、林の奥のほうから聞こえていた。

神社の林の裏のゆるい坂を下った草ぼうぼうの場所には、巨大なバケツで地面をスポッと抜いたような、保育園のプールくらいの円い池があった。すぐ脇に農業用水路もあり、人けも少ないその一帯は、子どもだけで近づいたり遊んだりしてはいけない場所のひとつ

になっていた。

(よごれたくない)

君枝の心の中に語りかける囁き声は、池から聞こえてくるようだった。声の心触りは、バイオリンで小鳥の鳴き声を真似たような細い響き方で、美しく魅力的だった。

声の正体を見てみたい。

子どもだけじゃなくて傘と一緒だし……と、君枝は言い訳しながら、草に足を取られないよう、そろりそろりと岸に近づいた。

君枝は全身を耳にして、再び声が聞こえるのを待った。草むらに目を走らせ、それから水面と、緑がかった泥の色をした池の中を探した。

(にごりたくない)

傘の柄を持ち、傷一つ無いぴかぴかのプラスチックの先端を、そうっと池の水に浸してみた。

《ひゃあ、水だよ》

「シーッ!」

朝の空を薄く映していた水面は、かすかにゆらゆら揺れた。君枝は、小さな波が君枝の傘の先端から輪の形に広がっていくのを見て、すこし愉快な気持ちになった。

傘を上げると雫が飛んで、水面に複雑な輪の波が広がる。

どうして雫の波は、輪の形に広がるんだろう。

海の波も、どこかに中心があるのだろうか。大きな雫が海のまんなかにたくさん落ちたから、大きな波が生まれたのだろうか……。

（よごれたくない）

池の中央の水面が、かすかに盛り上がっているような気がした。君枝が注意してそれを視（み）ると、確かに少しずつ変化している。その部分だけ、十センチくらいの凸レンズを覗（のぞ）いたように、池の底がゆがんで見える。不思議なことに底の泥が動いた形跡はない。水だけが厚さを増しているのだ。

そのうちに、くっきりと水は盛り上がり、噴水の頭のようにもこっと飛び出て大きくなってきた。透明な水の卵が池から産み出されようとしているみたい。

しかしそれは卵ではなかった。全体が水の上に出るやいなや、嘴（くちばし）のある頭をぴくっと持ち上げ、翼を大きく開いて羽ばたきはじめたのだ。スズメよりも一回り大きくて、胴が細くて、首と尾っぽがやや長い、水の小鳥だ。

――水から鳥が生まれた！

君枝は目を皿にして、傘をぎゅっと胸に抱きしめ、息を詰めてそれの様子を見守った。

その鳥は、蝶のような身軽さで、水面に波一つ立てずにふわりと水から浮き上がった。

そして、池の上を低く飛んでいる。水の体であるならば、それだけの重みがあっていいはずなのに、鳥は軽やかで、羽ばたく音もさせない。水の翼は太陽の光を反射して、ガラス細工のように光っている。

美しい体を君枝に見せびらかすように低く優雅に旋回していた鳥は、突然嘴を上げ、空の色を透かして高く飛んだ。

行ってしまう、と焦(あせ)りを感じた君枝は、思わず声に出した。

「どこへ行くの？」

君枝はすぐに後悔した。人間の声に驚いて逃げてしまうのではないか。それとも、池の中に帰って水に戻ってしまうのではないか。しかし、鳥はゆるゆると低いところまで下りて来て、君枝の心の中にしゃべりかけた。

(雨に打たれる前に、避難するのです)

池の水面には、新しい水のコブがあちこちにできていた。

「仲間がいるの？」

(われわれ、ウワスミドリは、濁(にご)った水が嫌いです)

「この池、もともと濁ってるよ」

あとから出てきた水の卵は水上で一羽、また一羽と鳥の姿に変わっていった。そして、最初の鳥が安全を保証したためか、周囲を警戒することもなく、するすると池から飛び立っていく。

（おろかな。この池のうわずみは、特別に澄んでいるのです。ウワスミドリは、われわれにふさわしい池を嗅ぎわける力があるのです）

群れをなしたウワスミドリの翼は、真夏の海のさざ波のようにチラチラ眩しい。君枝は鳥たちをもっと見たくて目を細めた。

「あたしが池に傘を入れたせいですか」

（きょうの夕方、嵐が来ます。卑しい雨が、尊いうわずみを濁らせるのです）

（われわれは、より澄んだすみかを求めて、渡っていくのです）

（にごりたくない。よごれたくない）

（それは、われわれは超越的で純粋で稀有で高貴で高次で特別に澄み切った清浄なる存在だから、致し方ないのです）

（おやっ、人間の子どもがもう一人）

（心配ありません。あの子には、われわれは見えないでしょう）

（最後の仲間が飛び立つまで、濁らせないよう、守ってください）

君枝はこっくりうなずいた。

少し前から、カッコーとプテラノドンの子どもの鳴き声が、だんだん近づいてきていることに、君枝も気づいていた。

「ピギョーッ！　待っててやったのに、来ねえんだもん」

「先に行ってって言ったじゃん」

「チャルメラの吹き方を特別に教えてやろうと思ったのに、やなヤツ」

「そんなの吹きたくないし」

「こんなとこで何してん？」

君枝が答えられずに池のほうを視ていると、陸は雑草をざくざく踏んで、近づいてきた。

「家の前まで戻ってもいないから、変だなと思ってさ」

「う……ん」

「何か、見えるのか？」

陸はズバリ訊いた。

陸は水底の濁りの中を探すように池を見ていた。陸にはウワスミドリの群れが見えてないのだ。今や害鳥と呼べるほど数を増やし、ギラギラと空の光を反射させて、池の周囲を飛びまわっている。その様子は、まるで鱗(うろこ)をきらめかせて回遊する鰯(いわし)の群れのようだといぅのに。

「中じゃなくて、上ね」

君枝がヒントを出すと、陸は池の周りや空を探した。ところどころで目を凝らしたり、君枝と同じ目の動きを真似たりしていたけれど、一羽も見ることは出来ないようだった。

「いいよな。君枝には何かが見えるんだ」

そんなとき、君枝は不思議に思う。

いつも陸には見えたり聞こえたりしないのに、どうして一緒に感じようとしてくれるんだろう。嘘をついてるとか、白昼夢だとか、耳鳴りや勘違いとか、笑ったりバカにしたりしない。陸は君枝の言うことを、そのまま受け取ってくれる。

君枝にとって、壁の木目がしゃべるのは当たり前。暗い夜には、たくさんの眼が、空から君枝を見守ってくれている。無害な現象ばかりではなく、迷惑なこともある。たとえば、勝手に揺れて中身がこぼれるコップとか、気に入らないものを摑むと先がくたっと脱力するお箸とか。

「で、どんなの？」

「水でできた透明な……」

君枝はウワスミドリを目で追いながら、変化に気づいた。

透明だった体が、変色していた。全体に、藻の緑色を薄めたように色づいていた。抹茶ほどの暗さはなく、くすんではいないから、悪くない色だ。翼の先端は、泡の入ったガラスのように白っぽくなっていて、嘴は泥の色のベージュっぽい。尾羽は雨雲の色だ。透けした体よりも、そのほうが現実の生き物らしくて、君枝は好ましく感じた。さえずり声もビチビチ濁ってきたようだ。

「あの鳥たち、さっきより色がはっきりしたよ」

(われわれは決して濁ることはありません。常に澄み切った存在であるのです)

自分たちがキレイなのは当然だ、という物言いだった。ウワスミドリたちは、水から出てきたときと同じ透明の澄んだ体のままだと信じているようだった。

あの鳥たちが次に澄んだ池に入るとき、そこの水は汚れるんじゃないだろうか。でも、うわずみの良いところだけを見て、他の部分はどうでもいいと思うのだろうか。濁った色でも姿の美しい鳥なのは事実だが、ウワスミドリ自身が考えているほど、他の生き物よりも清浄な存在ではないように思えた。

「鳥が見えてたのか。たくさん?」

「どっさり」

陸は君枝をまねて、見えない鳥の姿を追った。

「信じるよ。見えないけど、いるんだよな。君枝は昔、ソフトクリームさ、食べさせてくれたじゃん。お祭りか何かのとき、大きなソフトクリームの模型があってさ」

「何の話?」

君枝には、心当たりが無かった。基本的に、ぼんやりした子どもだったので、思い出話をされても、ポカーンとすることのほうが多いのだ。

「覚えてないなら、いいよ。ただ、そんときから、君枝の周りはオレの周りと違っているのかもしれないって思ってたんだ。タマゴを食べると体がかゆくなるヤツとならないヤツがいるみたいに」

「あたし、アレルギーじゃないよ」

「うん、そうじゃない。なんていうかさあ……君枝は不思議なことが多いっていうか」

陸は気持ちをうまく言葉にできないことに、少しいらついているようだった。

数年後、陸は君枝のことを「不思議体質」と表現することになるのだが、このときの陸には断言する確信と自信がまだなかった。君枝もこの頃から、みんなは自分とは世界の見え方が違うのかもしれない、と薄々気づきはじめていた。君枝にとって「不思議」なものは、君枝に降りかかる現象ではなく、何も感じ取れないことを「普通」とする自分以外の人間のほうだった。

陸の顔から池のほうに視線をもどすと、ウワスミドリの群れは竜巻のように天にむかって高く高く昇っていくところだった。

「あ、行っちゃう……」

君枝は首をおもいっきり曲げて空を見た。陸も君枝につられて、空を見た。太陽にまともに照らされて、眩しくて、二人は同時に目を細め、首が痛くなるほど長い間、そのままの姿勢でいた。

「うおーい、どうかしたのか？」

通りすがりの農家のおじさんに軽トラの窓越しに声をかけられ、陸と君枝はハッと顔を見合わせる。

——学校！

二人は背中のランドセルをかたかた鳴らし、駆け足で先を争いながら小学校に向かった。

二

最初の休み時間に、君枝は女の子たちに囲まれた。

「どうして遅刻したの？」

「どうして高上くんと一緒だったの？」

「はあ……」

君枝は女の子たちに詰問されるよりも、リコーダーを忘れたことの方がショックだった。あわてていたとはいえ、忘れ物を家に取りに行こうとしたことすら忘れて、遅刻までしてしまった。自分のマヌケさを認め、耐える作業は、子どもであっても苦しいことだ。

一年生の頃、君枝はランドセルを背負うのを忘れて登校したことがある。陸は、学校から帰るときにランドセルを忘れたことがある。大人たちは、行きより帰りに忘れた陸のほうがナンボかマシだ、と言うけれど、とにかく二人はそういうタイプの子どもだった。そして、たいていの大人の評価としては、君枝のやることは不注意で、陸のやることは子どもらしくてカワイイということだった。

「君枝ちゃん、高上くんと仲がいいよね。隣のクラスなのに、変なの」

三年生になってから、三峯さんと綿森さんと金井さんと坂居さんが、君枝に積極的に話しかけてくるようになった。

春先にはケンカばかりして今ほど団結してなかったような気がするのだけど、この頃の四人は、いつも似たような服を着て、似たような髪形をして、同じようなしゃべり方で同じようなことを話し、たいてい串団子のようにひとかたまりで行動している。四人分の名前は覚えていても、君枝にはどれが誰かという個体の区別が付かなかった。野良ネコのほうがよほど個性的でわかりやすい。

「高上くんの誕生日っていつ？」

「血液型はなにか知ってる？」

「髪の長い女の子って好きかな？」

君枝は、四人衆に囲まれると、なぜか敬語でしゃべってしまう。

「陸に訊いてください」

「聞いた？　今この子、陸って言ったよ」

「高上くんのこと、勝手に陸って呼ばないで」

「……はい」

初めて会ったとき、陸のほうから陸って呼んでと言ってきたのだけどなあ、と思うが、君枝は言い返さないことにした。

隣のクラスにリコーダーを借りに行きたいから、早くどっかに行って欲しい。

「君枝ちゃんて、高上くんの家の隣に住んでいるんでしょ。今度、君枝ちゃんちに遊びに行ってもいい？」

陸のことが気になるのなら、陸の家に遊びに行けばよいではないか。君枝には、彼女らの乙女心がまだ理解できなかった。

「うちは、親戚の家だから……」

「えー。どうして自分の家に住んでないの」

「あたし、知ってる。君枝ちゃん、お父さんがいないんだよね」

「いるよ。いないはずがないじゃない」

君枝は強く言った。しかし語気は次第に弱くなる。

「お父さんとお母さんがいるから、あたしが生まれたんだもん……」

「でも今はいないんでしょ」

「わかった。リコンしたんだ。凄(すご)いね、リコンなんて」

「だからいつも可愛(かわい)くない服着てるんだ」

彼女らに悪気がないことはわかっていた。彼女らは異性に関しては早熟であるが、自分とは関係のないデリケートな事象には残酷なほどに鈍感なのだ。好奇心旺盛な八、九歳児に大人の対応を期待するのは無理なことだった。

「うちの親がリコンしてなくてよかった」

「だよねー」

「だから高上くんは、君枝ちゃんと仲良くしてあげてるのかな」

「高上くん、やさしいねー」

「やっぱ高上くんは、かっこいいよねー」

彼女らは何かに似ている。と、君枝は思った。そうだ、ビチビチさえずる濁ったウワスミドリの群れみたいだ。

「おい、次、音楽室だってよ」

日直が号令をかけたのをきっかけに、まだ教室にいたクラスメイトと四人衆は、教科書とペンケースとリコーダーを持ってぞろぞろ教室を出て行った。

君枝は教室を出る前に、机とロッカーの中を用心深く確認する。リコーダーはなかった。やはり練習をするために家に持ち帰っていたのだろう。しかたなく、廊下から隣のクラスを覗く。誰か、リコーダーを貸してくれそうな子はいないだろうか。一番話しかけやすいところにいるのは陸だけど、男子のリコーダーを借りたと知れたら、四人衆をはじめクラスのみんながはやし立てるのは予想できた。

少し前までは、男女関係なくじゃれ合って遊んでいられて楽だったな、と君枝は思う。今でも男子と遊ぶ女子はいるけど、そういう子は見た目も行動も男の子っぽくて言葉も腕力も強い。だから口うるさい女の子たちも「あの子は特別」と認めざるを得ないのだ。君枝の場合、どちらかといえばぼんやりしていて大人しく、人とつるんでやり返すねちっこさもずるがしこさもないために、攻撃されやすい立場だった。

「誰か捜してんのか？」

と、陸が言った。陸はどこで何をしていても、いつも最初に君枝のことに気づいてくれる。

「リコーダーを忘れちゃって」

「オレの使いたい？」

「絶対ヤダ。女子から借りる」

「ふーん。誰かリコーダー貸してくれる女子ー？」

人気者の陸の一声で、女の子の顔がワッとこっちを向いた。

「いいよ」という返事があちこちで同時に起き、一番動きの速かった女子が陸に差し出したリコーダーを、陸からバトンのように受け取った。君枝はその女の子とは一度もしゃべったことがなかった。

仲良くしたことがない人に、リコーダーを貸したがるとは、ちょっと考えにくいことだ。

この子もきっと陸が好きで、陸の前で良いところを見せたかったのだ。リコーダーケースの名前を見て、陸の反応をちらちら見ているその大柄で眉毛の太い女の子が、与三野さんというのだと知った。最近、君枝に親切にしてくれるのは、こんな子たちばかりだ。君枝は、やさしくされてもあまりいい気分ではなかった。

「ありがとう。洗って返すね」

チャイムが鳴りはじめ、君枝は音楽室に走った。ハンカチはポケットに入っている。吹き口をよく拭けば、どうってことはない。

君枝が着席すると同時に音楽室に先生がやってきて、授業が始まった。いつものように発声練習と歌をうたって、いよいよリコーダーだ。

与三野さんのリコーダーを出して、ハンカチで念入りに拭く。君枝は神経質ではなかったが、しゃべったことがない与三野さんのリコーダーに直接口を付けるのは、何となく嫌な気がした。それに、あのとき陸を見ていた目つきを思い出すと不愉快で、ごしごし拭いた。

最初にシの音を出しますよ、と先生が指揮のポーズをとった。みんなは一斉にリコーダーを口に当てる。

君枝も、同じようにしようとしたが、吹き口を見たとたん、ギョッとして床に落としてしまった。

与三野さんのリコーダーの口から、糸のような何かがゆらゆらしていて、出たり引っ込んだりしていたのだ。

「佐成さん。早くしなさい」

君枝は注目を浴びて恥ずかしい思いをしながら、先生の足下まで転がってしまったリコーダーを拾いにいった。

分解して穴の中を覗くと、内側にびっしり毛が生えていて、それは微生物の繊毛のように蠢いていた。

「佐成さん、みんな待ってますよ」

しかも、管の内部がブーンと低く音を立てているような気がした。青くさい臭いもする。

――嫌だ。こんなの、吹けない。

「先生、中に変な毛が……」

先生は不審を露わにした顔でリコーダーを摑み、ちらっと中を見ると君枝にもどした。

「何もありません。普通ですよ」

「でも」

「先にはじめますから準備ができたら加わってください。さあみなさん、シの音を伸ばしてからタンギングですよ。シー、シー、シ、シ、シ、ハイッ」

先生は、君枝の「虚言」によって授業が妨害されることを去年の担任からの申し送りで知っていたし、すでに何度か経験していた。

君枝は、ガーゼを巻いた掃除棒で穴の中を擦ったが、効果はなかった。先生が何もないというのだから、君枝に見えるのは目の錯覚か、本当はびっしり毛が生えているほうが普通のリコーダーの姿なのかもしれない。

そう思うようにしてみたけれど、君枝はどうしても口を付けることができなかった。

（君枝ちゃんて、変だよね……）

クラスメイトの囁き声が聞こえてきても、君枝は黙ってうつむいていた。

与三野さんなんかにリコーダーを借りなければよかった。これなら陸に借りて、からかわれた方がましだった。今度からは絶対に忘れ物をしないようにしよう。家に帰ったら、直ぐにリコーダーを探して、ランドセルに差し込んでおこう。そして、もう絶対に家には持ち帰らない。

君枝の頭の中は、学校にいるあいだ、家のどこかにあるはずの自分のリコーダーのことで一杯だった。

学校が終わると、リコーダーの居残り勉強を拒否し、君枝は早足で家にもどった。

母娘で間借りしているその家の二階の西側の和室に入り、ランドセルを背負ったまま勉強机の周りを確かめた。机といっても、それは君枝がゴミ集積所から拾ってきたペンギンの顔のプラスチックの小さな折りたたみテーブルなのだが、君枝は勉強机と呼んでいる。

その周りにリコーダーはなかった。本棚代わりの段ボール箱の中にもない。

学校のロッカーになかったのだから、家にあるはずだった。あちこち散らかすほど広い部屋ではないし、何かに紛れるほど物を持っている方ではない。仮の住まいであるこの家で物を増やすのを母親は良しとしなかった。君枝が何かを欲しがると「いつか出ていくときの邪魔になる」といつも口癖のように言うのだ。

学校にも家にも君枝のリコーダーはなかった。もしもどこかに置き忘れることがあるとすれば、秘密基地くらいだろう。

ゴミ集積所の近くのお地蔵さんの小屋の後ろに、君枝がガラクタで作りはじめた青空リビングがある。

君枝は今の家に越してくる前に住んでいた家のリビングのつもりで再現していたのだけれど、途中から遊びに加わった陸が秘密基地と言うので、いつの間にかそう呼ぶようになっていた。

そういえば、この間、秘密基地で遊んだとき、陸と「ドレミファソラシドのソラは空のソラなのか」という話をしていた。そのとき、リコーダーを持っていかなかったっけ?

ドレミは外国語のはずだから、ソラと空は無関係という結論に達し、その後は空の向こう側がどうなっているのか、という話をしたのだ。

空の高いところには薄い膜が張ってあって、びりっと破くと向こう側へ行けるのだ、と陸は主張した。空の夜の側には、宇宙が広がっていて、ロケットが飛んでいく。でも昼の空の向こう側は、まだ誰も知らないのだ、と言う。なぜなら、昼の空の膜をびりっと破ったら、空気が抜けて空がしぼんでしまうから、地球が大変なことになる。絶対に誰も行けないんだ、と陸は言った。

なんか変だな、と思いつつ、君枝は夕陽に向かって伸びていく飛行機雲を眺めていた。あの飛行機が、間違って、昼の空の膜を破りませんように、と祈ったことはよく覚えている。

でも、肝心のリコーダーのことは思い出せなかった。きっとへんてこな話に夢中になって、置き忘れてしまったんだろう。

君枝は勉強机の上にランドセルを置くと、その足で秘密基地へと向かった。

しかし、淡い期待も虚しく、秘密基地のどこにも君枝のリコーダーはなかった。

家にも学校にも秘密基地にも、ない。つまり、君枝はリコーダーを失くしてしまったのだ――との認識に至った瞬間は、落とし穴に落とされたくらいの衝撃だった。

お母さんに、なんて言ったらいいんだろう。

君枝は未練がましく、秘密基地に集めたガラクタの下や隙間を見て回った。目をつぶって「リコーダーよ、現れろ!」と魔法使いになったつもりで何度も唱えてみたけれど、君枝の前にリコーダーは出現しなかった。

大粒の雨がポツン、とつむじを濡らした。

ハッと空を見上げると、凄い速さで黒い雲が流れていた。雨はあちこちにボツッボツッと音を立てて落ちてきた。

ウワスミドリが言った通り、嵐が来たのだ。

そして君枝は、新しい傘を学校に置き忘れてきたことに気がついた。

朝、母親から散々注意をされたというのに、その日のうちに忘れるなんて、なんと申し開きができようか。

約束が守れなかった自分が情けなくて、悔しくて、思わず涙があふれてきた。

叱られる。呆れられる。怒られる。モノを大切にしなさい。お母さんに手間をかけさせないで。失くしたり壊したりしても、次はもう買ってあげられない。乱暴に使ってないか毎日チェックするからね。ぶつぶつ、ぶつぶつ、ぶつぶつ……。

そうでなければ、口を利いてもらえなくなる。母親のそばで、一晩中、恐ろしさと情けなさと不安な気分で過ごさなくてはならない。

むしろ、このまま家に帰らないでいたほうが、どんなにか楽だろう。リコーダーも傘もいらない、遠いところに飛んでいってしまいたい。

というのも、君枝は新学期に入ってから今月までに新しい傘を三本もダメにしてしまった前科があるせいだ。

一本目は、小学校の傘置き場に置いたとき、ちゃんと束ねてなかったせいで、誰かの傘を突っ込まれて、てっぺんが破れてしまった。

二本目は、足首をひねったときに、松葉杖代わりにしようと体重をかけたら、ぐにゃっと曲がって開かなくなってしまった。

三本目は、雨上がりの下校途中に、車道と歩道の間の側溝の穴に謎の影が見えたので、ぶすっと差し込んでみたら抜けなくなってしまい、誰かにとるのを手伝ってもらおうと人を探しに行ってる間に、大型車かなにかに轢かれて、無惨な姿になってしまった。

子ども用の傘はヤワすぎる、と母親はベランダに並んだ傘の屍コレクションを見て腹を立てていたが、「子どもに傘も買ってやれないと思われるくらいなら、死んだほうがましだから」と、すぐに新しい傘を買ってきてくれた。母親のビニール傘を使うには、君枝の体はまだ小さかったのだ。

母親は、君枝のろくでなしな父親と別れて以来、怒りっぽい。不機嫌な母親に君枝がしょんぼりしていると、「昔はやさしくて、恐がりで、とってもかわいらしかったのよ」とあっちゃんがこっそり教えてくれた。あっちゃんというのは、いま君枝と母親が身を寄せている家の持ち主だ。

母親が怒りっぽくなったのは、ろくでなしな父親がいなくなったせいだけじゃない。君枝が駄目な子どもだからだ。

どうして、自分は、うまくやれないのだろう……。

哀しくなると、自分の体がどんどん縮んでいくようだ。雨に打たれるのを避けるため、お地蔵さんの小屋に入ろうとしたが、そこには君枝の体に充分な余裕がなかった。しかたなく車通りまで歩いて、大きな木の下にしゃがんだ。雨はどんどん強くなっていくようで、君枝の哀しさも止まらない。しくしく泣いているうちに、自分の体が本当に縮んでしまうのではないかと怖くなり、泣くのをやめた。

縮んだら、家に歩いて帰れない。帰りたくないけれど、帰らないわけにはいかないのだ。他に行く当てはないのだから。

「帰らなきゃ」

ウワスミドリは、嵐が来ると言った。木の下では、雨は凌(しの)げない。葉のあいだから痛いほど大粒の水滴が落ちはじめてる。

君枝は縦に裂け目の入った木の幹を見上げ、プレートがかかっているのを見つけた。

『スダジイ』

どうやら木の名前のようだが、君枝の頭の中に「須田爺(すだじい)」のイメージが広がった。ドングリのなる見慣れた木が、急に親しみのある存在に変わった。

「ねえ、スダジイ、雨宿りさせてよ」

縦じわだらけのいかにもお爺さんらしい幹に両手で触(ふ)れてみたけれど、返事はこなかった。

「なんでこういうときには、何もしゃべってくれないんだろう」

君枝の都合の良いように世界が動いていくことは、ほとんどなかった。

「雨ぇ、やめぇ！」

君枝は、空に向かって叫んだ。バカバカしいと思いながらも繰り返す。

「雨ぇ、やめったらやめぇ！」

頭上がすうっとまっ暗になった。大人の黒い傘が君枝の頭の上に差し出されたのだ。

「キミの念力でも、この雨を止めるのは無理そうだね」

見知らぬおじさん――お兄さんが、君枝を傘に入れて、笑っていた。

お兄さんからは、つんと刺激のある臭いがした。

「うち、すぐそこの店だから、ちょっと入りなよ。親父もいるし、悪い大人じゃないから、怖がらなくて大丈夫」

どんなに悪い大人でも、自分で悪い大人だと称さないと思うのだが、その店というのが、道路側が全面ガラス張りの皆川（みながわ）サイクルという自転車屋さんだったので、君枝はついていくことにした。

母親の自転車の鍵には、その皆川サイクルのタグが付いていたと思う。

店に入るとその人は、奥に向かって「タオル持ってきて！」と声をかけた。

「おお、サクが先に帰ってきたか。本降りになる前に……」

その人の父親らしい、真っ白い頭のお爺さんが出てきた。君枝の姿に気づくと、おやおやと言って、油の染みついた白い作業エプロンのポケットからよれよれのタオルを引っぱり出そうとした。

「親父、きれいなタオルにして。まったくもう、ぼくが取ってくるから」

「マーさん、まだ病院から帰ってないんだよ。車で迎えに行ってやるかい、サク」

どうやらお兄さんの名前はサクというらしい。

「わかったよ。まずはこのかわいい超能力者さんを乾かしてやらなくちゃ」

サクちゃんが、清潔なタオルを君枝に貸してくれた。顔を拭いて返すと、サクちゃんはそのタオルを君枝の頭に載せて、髪をごしごしした。それから、肩や背中を拭き取ってくれた。エッチなところを触(さわ)られたらどうしようかと少し緊張してしまったが、そういうことはなかった。

「ありがとう……ございます」

「どこの家の子?」

お爺さんに訊かれて、あっちゃんちにいると言うと、それ以上は訊かずにわかったわかったとうなずいてくれた。

「この雨は待っててもやむ雨じゃないから、暗くなる前に帰りなよ。傘貸してあげるから。

ええと、親父、他の傘、どこにやったの？」

「出かける前に、マーさんが束ねていたよ」

「あの片づけ魔、しょうがないな。これじゃ、大きすぎるかな。ないよりはマシだろ」

サクちゃんは、さっき君枝に差しかけてくれた傘を貸してくれた。大人の男の人の黒い傘を差すのは女の子としてはちょっと嫌だったけれど、君枝は受け取った。

「ありがとう……ございます」

「うん。返すのは、いつでも良いから。気をつけて帰ってな。風邪引かないよう、帰ったらすぐ着替えるんだよ」

サクちゃんの顔は日焼けをしていて、目鼻立ちがはっきりしていて、外国のサッカー選手みたいだった。髪が黒くてつやつやしていて、背はそんなに高くはないけど、がっしりしている。

サクちゃんとお爺さんに見送られて、あたたかい日差しに背中を押されるような気分でお店を出た。

大きすぎる傘を両手で支えるように差して、家のほうに歩きながら、サクちゃんから漂って(ただよ)きた臭いは、自転車のゴムチューブの臭いだと気がついた。あのお店で一生懸命働いているから、臭いが体に染みついているのだろう。きっと、ろくでもあるちゃんとした大人の男の人なのだろう。

「傘、借りちゃったぁ」

君枝は、傘を少し上に持ち上げてみた。

子どもが大人の傘を差すなんて、なんだかおかしい。しかも、黒い、男物の傘だ。

子ども用の傘に比べると、なんて大きく、がっしりしてるんだろう。

サクちゃんみたいだ……。

ほわっと心があたたかくなった。サクちゃんみたいに、やさしくて親切な人がいるんだな、と思うと嬉しい。自分もそういう人になりたいと思う。

傘は重くて差しにくいけれど、君枝の足取りは軽い。

サクちゃんみたいなお兄さんが家にいたら、毎日どんなに楽しいだろう。サクちゃんみたいなお兄さんが母親の恋人で君枝の父親だったら、毎日どんなに楽しいだろう。ううん、サクちゃんみたいなお兄さんが君枝の未来の恋人だったら……。

強い風が吹きつけて、君枝は両手に力を込めた。大きすぎる傘は風に煽られて、揺さぶられてしまう。

ダメ。しっかり持たなくちゃ。サクちゃんの傘を壊すわけにはいかない。君枝は風と雨の波状攻撃に備え、足を踏ん張る。

だけど、軽やかになった心では、強い風には耐えられなかった。

体ごと傘は大きく煽られて、足が「とととっ」と引っ張られた。傘が飛ばされないよう必死にしがみつこうとする君枝を狙って、横風がびゅうびゅう吹いてくる。君枝の体はふわっと風に乗りそうになる——風に乗る？　トトロみたいに傘で飛んでいけるものなの？　このサクちゃんの大きな傘でなら、飛んでいけるかもしれない……。

心の隙をつかれ、傘が空に引っ張り上げられた。君枝は傘にぶら下がるようによろめき、バランスを崩した体勢で次のひと吹きがきて、足が地面から離れてしまった。すごい勢いで、空に飛ばされていくのがわかった。

そんなバカな。

信じられない自分と、ワクワクしている自分が心の中でごちゃ混ぜになっている。

空を飛んでいるのに、怖くはなかった。サクちゃんに微笑(ほほえ)まれたときのように、体中がふわふわしていて、いくらでも遠くまで飛んでいけそうだった。

サクちゃんの傘はすごい。サクちゃんはすごい傘を持っている。すごい傘を、君枝に貸してくれたのだ。サクちゃんは、すごい！

君枝の頭の中には、「サクちゃん」と「すごい」がかわりばんこによぎっていって、それはまるで、サクちゃんにつり上げられた魚みたいで、だけど魚と違うのは君枝がとっても幸せで、嬉しくって、ドキドキしているということだ。

空を飛ぶことに比べたら、新しい傘やリコーダーのことなんて、どうでもいいことだ。

このまま雲の上まで飛んでいけるだろうか。飛びすぎて、陸の言ってた空の膜を破らな

いだろうか。どこまで飛んでいっちゃうのだろう。陸に話したら信じてくれるだろうか

……そのとき、

〝ソラシラソラー！〟

衝撃波が、傘に届いた。

陸のことを考えたのがいけなかったのか、風は止まり、傘は浮力を失い、落下していく。

「嘘っ、墜落（ついらく）しちゃうの？　こ、怖いよ、サクちゃん！　サクちゃん！」

サクちゃん、と叫ぶと、一回ごとに傘はクラゲのようにふわっと浮き上がった。まるで空飛ぶ呪文のよう。

「サクちゃん！　サクちゃん……」

もう少しで地面に激突するところで、君枝は立ち乗りブランコから飛び降りるように、おっとっと、とバランスを取ってよろけながら着地した。

傘も無事だ。

まだ胸はドキドキしている。

何しろ初めてのことだから、傘にしがみついていることに必死で、周りの景色を見る余裕がなかった。サクちゃんの傘でなら、君枝は空を飛べるのだ。次は、晴れた日に飛んでみたいな、と思う。

辺りを確認すると、そこは家の近くだった。

君枝が帰る部屋にはまだ明かりがついていないけれど、陸の家からは明かりが漏れていた。カレーの匂いがそこらじゅうに漂っているのは、おそらく陸の家で作っている夕餉だろう。陸の家では、いつも必ず家族三人で夕食を食べるそうだ。食事の後にトランプをすることもあるそうだ。

あーあ、家に着いちゃった。

学校に忘れた新しい傘と失くしたリコーダーのことを考えると、気が沈む。

あの間の抜けたリコーダーのチャルメラが聞こえなかったら、もっと遠くまで飛んでいけたかもしれない。陸が吹いたチャルメラだとは断定できなかったが、陸に邪魔されたとしか思えなかった。リコーダーも自分の家も家族もカレーもトランプもある陸は、ズルい。

でも、君枝には、サクちゃんの傘がある。

大好きなはずのカレーの匂いが、今日の君枝にはなぜかとても子どもっぽい香りに感じられた。

三

「お帰り、君枝ちゃん」

帰宅して声をかけられることがめったにない君枝は、目の前にいる人の姿にぽかんとした。

誰かと思ったら、真波（まなみ）さんだ。長かった髪をばっさり切って、バンダナ……じゃなくて、おしゃれな手ぬぐいをかぶっている。すらりと細長い真波さんは、スタイルが良いというよりは、頭と足で引っ張られて伸びちゃったようなユニークな印象で、君枝の母親の言葉によると〝もういい年〟だそうだけど、会うたびに少年みたいになっていく。

「ランドセルがあるのに姿がないからどこへ行ったか捜してたのよ……あら、その傘は」

「貸してもらったの」

「そう。親切な人がいてよかったわね。まずは濡れた服を着替えてらっしゃい。上がる前に、その汚れた靴下は脱いで」

「うん」

君枝はサクちゃんの傘を傘立てに立てると、素直に従った。

真波さんは、ヘンテコな形に定評がある新進の陶芸家で、山奥に住んでいて、都会に用事があるときに時々もどってくる。この家の持ち主であるあっちゃんの娘ということになっているけど、血は繫（つな）がっていないらしい。本物の親子でなくても、あっちゃんは真波さんが来ると、とても嬉しそうにしている。あっちゃんが嬉しそうだと、葉南（はなん）さんは不機嫌になる。葉南さんは君枝の母親のイトコで、いつもくっきり眉毛を描いて、パンツスーツで毎朝タクシーに乗って仕事に出ていくおばさんだ。

葉南さんは、六十歳を過ぎたあっちゃんが、真っ赤なハイヒールにミニスカートを穿いて出かけるのが気に入らないらしい。というか、葉南さんは、この家のたいていのことが気に入らない。だけど一緒に住んでいる。

あっちゃんと君枝の母親は親戚だけど、あっちゃんと葉南さんは、大人の事情のつながりで、本当の親戚関係ではないと言う。他にも、あっちゃんの家には、どういう関係かわからない人たちが住んでいた。君枝が引っ越してきたばかりの頃、慈雨おじさんとあっちゃんは夫婦なのかと思ったけれど、そうではないらしい。普段の慈雨おじさんは品の良い銀髪の老紳士なのだけど、年に数回は上京してホームレス生活をする風変わりな趣味がある。フリマで古伊万里の皿を見つけて古美術商に二十倍の値で売ったことや、狩野派のナントカさんの掛け軸をゴミ集積所から発掘したことがあるのが、自慢だった。

他には、葉南さんの息子が住んでいたけど、君枝たちと入れ替わりで、東京で一人暮らしをはじめた。それから時々、真波さんが加わった。

真波さんがいるときだけ、いつもはバラバラに行動するあっちゃんの家が、家族みたいな雰囲気になる。それは、真波さんが手巻き寿司だの鉄板焼きだの鍋物だのおでんだのが大好きで、いつもたくさん材料を買いすぎてしまうせいだ。毎回「食べきれないから手伝って」と部屋の中から同居人を引っ張り出してきて、ちょっとしたパーティーのようになる。

「着替えたらすぐに下りてきて。今日は、どうしても手作りの生春巻きが食べたくなっちゃって、材料をたくさん買っちゃったから……あっそうそう、夕樹枝(ゆきえ)さんから、人に逢(あ)うんで遅くなるって電話があったから、先に食べていてって」

夕樹枝というのは、母親の名前だ。

君枝はほんの少し、ホッとした。母親の帰りが遅くなれば、傘とリコーダーのことで叱られるまで執行猶予ができるし、気まずい思いをせずに夕食が食べられる。

君枝は軽やかに階段を駆け上がり、ふと思いついて途中で足を止めた。

「真波さん、小学校のときのリコーダーってまだ持ってる？」

「ソプラノ？　探せばあるかもしれないわ。君枝ちゃんが使うの？」

「あったら、貸して欲しいんだけど」

「生春巻きの後で見てみるわね」

真波さんはいい人だ。真波さんがいるときだけは、この家は、呼吸しているみたい。

君枝は大急ぎで着替え、キッチンで真波さんの手伝いをした。仕事で帰りの遅い葉南さんと母親の分を冷蔵庫に取り分けて、あっちゃんと慈雨おじさんと真波さんと君枝の四人で、家族みたいに食卓を囲んだ。

春巻きと春雨の違いすらわかっていない君枝にとって、はじめての生春巻きはますます混乱させられる食体験となった。香草や香辛料の味は、子どもの君枝の口には美味(おい)しく感じなかったけれど、ビーフンを一本一本引き抜いて口に運びながら、カレーライスよりもだんぜん大人っぽくておしゃれでカッコイイと思った。

大人同士の話には口を挟めなくても、時々発作のように起きるあっちゃんの笑い声は、心地よかった。

「嵐になるっていうのに、夕樹枝さん、傘を持っていったのかしら」

「彼氏が家の前まで送ってくれるわよう」

ビールの入ったあっちゃんが、何がおかしいのか、ガハハと笑う。

「あるいは、彼氏を送って、びしょぬれで帰ってくるか。あの子って、ダメ男を引き寄せる超能力者だから」

「お母さんが超能力者？　あたしにも超能力、あると思う？」

君枝は、雨を止めようとしていて、サクちゃんから超能力者と呼ばれたことを思い出した。

自分にも超能力があったらいいのに、と君枝は本気で願った。そうしたら、サクちゃんと一緒に空を飛んでみるんだ。高く飛びすぎて昼の空の膜を破って出ても、超能力で空気が抜けないように止められる。二人で、誰も見たことがない世界を見に行ける。

「キミちゃんなら、どんな超能力かな？」

慈雨おじさんが、話を合わせてくれた。あっちゃんが、君枝の母親の悪口を言っていることを、少々気にしていたのだ。

「空を飛ぶの。傘とか使って」

「おお、メリー・ポピンズみたいだな」

「しまった、今どきの子どもは知らないか」

「いやねえ、ジジイは古いこと言って。ハリー・ポッターぐらいは言いなさいよ」

あっちゃんがガハハと笑った。

「あれはホウキだろう。オレをジジイ呼ばわりするな」

「君枝ちゃん、もしかして初恋？」

突然、真波さんが言ったので、あっちゃんと慈雨おじさんは顔を見合わせブッと噴き出し、ギャッハッハと笑い出した。

「あの傘で飛んだ？」

君枝は笑われたことよりも、真波さんの言葉に動揺した。

「ち、ちがうもん。恋なんてしないもん」

初恋のはずがない。恋なんて、お話の中のことで、バカな大人がすることで、自分がするはずがない。それに相手はおじさんだ。自分の父親とまではいかないが二回りほど年を取った大人で、そんな相手を好きになるなんて、小学三年生の君枝にとっては、道ばたの苔むしたスダジイと結婚するくらい異常なことだ。君枝が大人にならないかぎり、恋なんてまったく考えられないことだ。

「ふふ、顔が赤いわ」

悔しくて、恥ずかしくて、君枝はとっさに切り返した。

「真波さんこそ、恋してるんじゃないの？」

真波さんの顔が凍った。君枝も薄々感じ取ってはいたのだが、言っちゃいけない話題に触れてしまったのだ。

「そうよね。真波もそろそろいい人が……」

「今はその話をしてるんじゃないでしょう」

真波さんは自分のお皿の最後の春巻きを口に放り込むと、ハムスターみたいに頰をふくらまして、冷蔵庫にデザートを取りに行った。そして、タピオカ入りのココナッツプリンをドンとテーブルに置くと、口をもぐもぐさせながら自分の部屋に行ってしまった。

「まったく、いつまでも子どもで」

あっちゃんが、残念そうにつぶやいた。

「お前が言えた義理か」

慈雨おじさんが皮肉を言って、ビールを飲みほした。

君枝のひと言で、楽しかった時間がバラバラに壊れてしまい、シュンとする。誰も君枝を責めないが、誰も慰めてはくれない。

あっちゃんと慈雨おじさんが席を立っても君枝は残り、デザートのココナッツプリンのタピオカを一粒ずつ発掘しながら食べて待ったけれど、真波さんはもどってきてくれなかった。怒っているのか悲しんでいるのか、君枝には真波さんの気持ちは想像できない。だけど、いけないことを言ってしまったという罪悪感で一杯だ。

お詫びを込めて、君枝がひとりで食卓やキッチンの後片づけをはじめた頃、訪問者があった。

「キミちゃんのお客さんだよ」

応対に出た慈雨おじさんに呼ばれ、君枝は皿洗いの手を止めた。濡れた手をスカートで拭きながら廊下に出ると、玄関にいたのはお隣の陸だった。

「おう。これ、返しに来た」

陸が握りしめていたのは、君枝が学校に置き忘れてきた新しい傘だった。

「お前、先に帰っただろ。オレ、学校に残って遊んでたら、雨が降ってきたんで、傘置き場を見たら君枝の傘があったんで、借りてきた。そんで、かあちゃんが、返しに行くなら、お礼にこれを持ってけって」

陸はきっちり畳まれた君枝の傘と一緒に、近所のスーパーの袋に入ったポテトチップスの大袋を一つ突きだした。

「あ、どうも」

陸の好きなのり塩味だ。君枝はコンソメ味のほうが好きだった。きっと陸のおやつになるはずだったものを持たされたのだろう。と思うと、ちょっと申し訳ない。

いつもだったら、勝手に傘を借りた陸に腹が立ったと思う。だけど、君枝は自分の幸運に驚いていた。陸のおかげで、学校に置き忘れた事実が、母親に隠蔽(いんぺい)できるではないか。よくぞ傘を使ってくれた、とお礼をしたいのは、君枝のほうだった。

「んじゃ。また」

陸は自分用の傘を差して、隣の家に駆けていった。君枝は思わず玄関を出て陸を見送り、声をかけた。

「ありがとーね！」

玄関脇の部屋の窓が開き、真波さんが顔を出した。

「あら、隣の子なら、上がってもらえばいいのに」

機嫌は直っていた。そして、降り込む雨を気にしながら、夜の空の様子を見た。

「今夜はやみそうにないわねえ」

《この悪童め、あたいをよその悪童に使わせるなんて、どういうこったい》

手の中で傘がぶるぶるっと文句を言った。

「あら、その傘……」

真波さんに、聞こえたのだろうか。きっと勘がいいのだ。大人は子どもの顔色を見て、わかっているふうな振りをするのがうまい。信じたとたん、「ほうら子どもなんて単純なもんよ」という態度に変わり、裏切られるのだ。本当にわかってくれる人は、なかなかいない。だから、君枝は傘のことは知らんぷりをすることにした。

真波さんは、窓を閉めながら、うふふっと微笑んだ。

「リコーダー、あったわよ。取りにいらっしゃい」

こんなにうまくいくことって、初めてだ。

君枝は小躍りで、真波さんの部屋にお邪魔した。

「ありがとう。ずっと借りてていい？」

君枝のものとはケースが違うけれど、真波さんの子どもの頃に使っていたソプラノ・リコーダーは、同じ形だった。

「これ、借りるお礼に」

陸からもらったばかりのポテトチップスの大袋を差し出し、リコーダーを受けとった。

帰宅した母親がポテトチップスを見たら、どうしたのかと訊くはずだから、ここで真波さんに渡すのがいい。君枝は、めったに冴えない自分の頭のキレに、一瞬、くらっとした。

真波さんはポテトチップスの袋を開けながら、そのリコーダーにまつわる話をしてくれた。

「あら悪いわね。ひとつ、言っておきたいことがあるの。上級生にすーんごいいじめっ子がいて、そのリコーダー、そいつに学校の男子トイレの便器に突っ込まれたことがあったんだけど、いい？」

うっ。

君枝は、与三野さんの不気味なリコーダーを思い出し、管に毛が生えてないか内部を確認した。大丈夫、ツルツルだ。

「洗ったし、消毒したし、そのあと使ったし、二十数年前だからばい菌はいないでしょうけど、黙って貸すのは悪いかなと思ってさ」

二十数年前にも意地悪な子どもがいたのだ。意地悪な子どもはなんとなく想像できたけど、真波さんが意地悪をされている姿なんて、イメージできなかった。

「でもあの子、大学生のときに亡くなったのよねー。変質者に襲われて。ふふっ」

突然の微笑にぞくっとした。なんで笑うの。まさか、真波さんがリコーダーの仕返しに呪い殺したんじゃゃ……。

「お皿、途中まで洗っておいたから」

君枝は、リコーダーを持って自分の部屋に引き上げた。

真波さんは君枝に優しくしてくれるけど、やっぱりちょっと変わっている。この家にいる人はみんな変わっているけれど。明かりを点けると最初にリコーダーをランドセルに差した。君枝もこの家にいるということは、クラスメイトが言うように〝変〟なのかもしれない。と思うと、また不安な気持ちになった。


ゆうべ遅く帰ってきた母親は、君枝の傘が無事なのを確認すると、先に布団に入っていた君枝の枕元で、機嫌良く今度の彼氏の話をはじめたのだった。

「彼が、君枝に逢ってみたいって」

「なんで。お母さんの彼氏でしょ」

「だって将来、一緒に暮らすかもしれないでしょ。今度は顔より、生活力とか常識度とか価値観とか、結婚に適した人を選んだつもりだから、君枝だって絶対に気に入ると思うよ。まだ約束はしてないけど、もしも再婚したら、君枝の新しいパパになるわけだし」

新しいパパ？

君枝の寝惚けた頭の中には、ベランダに並んだ傘の屍コレクションが思い浮かんだ。壊さないように、失くさないように、忘れないように、大切に……。

「あんたに何かプレゼントしたいって言うんだけど、君枝は今、欲しいものある？」

今欲しいのは、静寂と安眠だ、と言いたいが、それを言ったらますます遠のく。

「考えておく」

「高いものはダメよ。女の子らしいものにしなさいね」

母親の言うことには、たいてい制限が付く。高いって、いくらぐらいのものだろう。コンソメ味のポテトチップスなんて言ったら安すぎるだろうし、勉強机はきっと高いし今の狭い部屋には置く場所がないし持って来れないだろうし。普通でいいんだけど〝普通〟って女の子らしいものだろうか。

　一晩中続いた大雨は、夜明けとともに、からっとあがった。あの新しい傘を持ち歩かずに済むのは、とても嬉しい。しかし君枝は、ゆうべ母親が食べなかった生春巻きを朝食に出され、皮がパサパサで食べづらかったのと「ビーフンを一本ずつ食べるんじゃない」と叱られたのが気に入らなくて、気分の悪い朝を迎えた。

　だけど、玄関でサクちゃんの傘を見たとたん、心の暗雲がさあーっと消えていくのがわかった。

「欲しいもの、考えておいてよ」

と、母親に送り出されたときは、君枝は美しい夏の高原の日差しの中にいるようだった。

　学校から帰ったら、傘を使って飛んでみよう。そして、サクちゃんと一緒に飛べるかどうか試してみよう。でも、サクちゃんに逢ったら、傘を返さなくてはいけない。返すときには、きのうの陸みたいに、お礼の品を持っていった方がいいだろうか。

「君枝ちゃん、いってらっしゃい。また今度ね」

　小さな庭を通って門に向かう途中で、玄関の横の窓が開いた。

「きょう、帰っちゃうの?」

「うん。君枝ちゃん、あなた、とってもかわいいわ。あなたはあなたなんだから、自信を持っていいのよ。がんばりなさい」

「は?」

真波さんがいったい何を言い出したのか、君枝には訳がわからなかった。

「リコーダー、大切に使ってね」

「行ってきます!」

君枝は駆け足で家から離れた。母親に聞こえていないことを祈る。

集団登校の集合場所のコイン式自動精米機の前で、今日も陸はリコーダーを吹いていた。

トゥットゥクトゥクトゥクトゥクトゥトゥトゥトゥトゥトゥー
陸は複雑なタンギングの仕方を習得したようだった。

そして、おはようとしゃべりながら器用にリコーダーを吹いて、低学年の子どもたちを喜ばせていた。

「あれっ、今日は音楽ないだろ?」

陸はめざとく君枝のランドセルのリコーダーを見つけた。

「いいの。陸だって、いつも持ち歩いてるでしょ。まるで何本も持ってるみたいね」

いつものように万年ビリの五年生の女の子を待って、班長は列をスタートさせた。

陸は歩きながら、リコーダーを器用にランドセルに差した。

「もう吹かないの？」

「きのう禁止になった。近所迷惑になるから歩きながら吹くなって、先生が」

歩き出す前に、すでに迷惑になっていたと思う。でも、君枝は指摘するのはやめた。陸は先生に言われたことは守っている。

陸は一年生の作った下品な替え歌を大声で歌いながら登校した。翌日には歩きながら歌うことも禁止されることになるのだが、その日は陸も君枝も遅刻をせずに好調な一時間目を迎えた。

学校が終わったら、サクちゃんの傘を使って飛んでみよう。そう思うと、君枝は幸せな気持ちになれた。

休み時間に、串団子四人衆が現れて、

「高上くんの誕生日っていつ？」

「血液型はなにか知ってる？」

「髪の長い女の子って好きかな？」

と訊かれたとき、君枝も同じようにサクちゃんのことを知りたいと考えていることに気がついた。いつも「自分で訊いたら？」と冷たく言い返してみたいと思っていたけれど、そうするのは残酷な気がした。

だから、陸の家はゆうべカレーライスだったことと、ポテチはのり塩味が好きだという、さして必要でもない情報を教えてやった。そうしたら、その日の体育のグループ分けでは昔からの親友のように受け入れられ、掃除の分担でも大切にされて、かえって気持ちが悪かった。放課後の遊びまで誘われたのには閉口し、断ったとたん、君枝はいつものように〝変な子〟にもどってしまった。

がっかりしたけれど、君枝はサクちゃんの傘のほうが重要だった。

走って家に帰り、ランドセルを下ろすとサクちゃんの傘を掴んで、神社の坂の下の池に向かった。あの辺りなら、人に見られることはない。

君枝はサクちゃんの傘を開き、緩やかな坂道の真ん中を駆け下りながら、「サクちゃん、サクちゃん」と言いながらジャンプを繰り返した。

サクちゃんと言うたびに胸はぽかぽかして体は軽くなっていくのに、滞空時間はあまり変わってないようだ。坂の下まで来てしまい、もう一度上まで駆けもどって繰り返した。うまく飛べたら、次はサクちゃんと一緒に飛ぶのだ。雲の上がどうなっているか見にいけたら、サクちゃんだって喜んでくれるだろう。

もう少しで飛べそうな気がするのに、何かが足りない。風かな。あのときは強い風が吹いていた。空を飛ぶには、君枝の体を引っ張り上げるような風が必要なのだろうか。次の嵐が来る日まで、待たなくてはいけないのだろうか。

そんなに、待てないよ。

君枝は目をつぶり、風が吹くよう祈った。

サクちゃん、サクちゃん、やさしいサクちゃん、大好きな……。

前髪がふわっと揺れるのを感じ、君枝は駆け下りた。飛べる！

傘が風を受けて重くなるのを感じた。このまま思いっきり足を曲げて、全身で浮こうとすれば、きっと飛んでいけるはず！

君枝は、飛びたい、と強く思った。

「いーけないんだ、いけないいんだ」

飛んだ、と思った瞬間、陸の声に邪魔された。たたらを踏んで、坂道に着地した。

「まーた池の近くに一人で遊びに来てる。悪いんだー」

何をしていたか、陸には悟られたくなかった。陸が知ったら、試したいと言うだろう。

サクちゃんの傘は、誰にも使わせたくない。

「陸だって一人で来たじゃん」

君枝は憮然（ぶぜん）として答えた。

「君枝が走って下りていくのが見えたから、来ただけだよ」

「あー、陸、まだランドセルしょってる。寄り道だ。いっけないんだー」

君枝が指摘すると、陸はビビった。

「言うなよ。君枝のことも黙ってるから。こんなところで何してたん？　また変な鳥でもいた？　なんで傘差してんの」

「傘を返しに行こうと思って……ちょっと乾かしてた」

苦しい言い訳だ。だけど陸は傘については追及しなかった。

「なんだ、鳥じゃないのか。あの鳥どうなった？」

「見てみる？」

君枝は傘をたたんで、池の様子を見に行った。ゆうべの嵐で、うわずみのほうにもまだ濁りが残っていた。

「いないみたい。違う場所に行くって言ってたから、ここにはもう来ないかも」

「見たかったな」

陸が残念そうにしていたので、君枝は言った。

「なんかね、女の子グループみたいな鳥だったよ。キレイなものが好きで、自分たちは特別で、澄んでいて、濁りたくないんだって」

「君枝だって女じゃん」

「そうだけど……あたしはウワスミドリとは違うもん。だって、あの鳥、自分が濁ってるのに気づかないんだよ」

君枝は、薄笑いを浮かべて君枝に取り入ろうとする串団子四人衆を思い浮かべていた。

「傘、返しに行くんだろ。どっち」

「えっとね。こっちじゃなかった。なんか嫌だ。あっち」

陸があとをついてきた。陸のいる前で、サクちゃんに逢いたくなかった。

でも、ついてくるな、なんて言ったら、陸はもっと興味を持つだろう。

もうちょっとで飛べたかもしれないのに、陸に邪魔されたのだって悔しい。サクちゃんに逢ったら、次の雨の日まで傘を貸してもらえるように頼んでみようか。お礼の品だって、まだ用意してない。

「あのね、陸。ちょっと訊きたいんだけど、女の子からプレゼントされて嬉しいものってある？」

「ウニかな。生ウニが食べてみたい。きのうテレビの寿司対決で、うまそうだったから」

「ウニ……？」

予想してない回答に、君枝は固まりかけた。

「でもさ、それって、女の子からじゃなくてもいいんじゃない？」

「うん。誰からでもいい。相手が知らない人じゃなければ、もらう。あっ、でも迷うよな。もしも知らないお爺さんが急にオレにウニを食べさせてみたいと思って、親切心で持ってきてくれたら、断れるかな。凄いお金持ちでさ、車は白いロールスロイスで、白いヒゲはやしてステッキなんかついちゃってて、付き人が恭しく銀のお盆でウニを運んできたら……、おい、最後までオレの話を聞けよ」

「もういいよ」

陸に訊いたのが間違いだった。

「答えてやったのに、ムカツク。オレ、帰る」

「帰れば。寄り道が見つかるよ」

陸は足を踏み鳴らして、家のほうに歩いていった。

君枝はほっとした。もうスダジイの木の近くまで来ていたのだ。

そして、皆川サイクルのお店にシャッターが閉まっているのを見て、嬉しくなった。今日はお休みの日なのだ。まだ傘を返さなくてすむ。

君枝はスダジイに話しかけてみた。

「ねえ、雨の日の雲の上って、どうなっているかな。雲の上はいつも晴れてるって本当なの？」

スダジイは答えなかった。でも君枝は気にしない。頭の中で考えていたから。

雲の上が晴ればかりなら、神様は雨で遊ぶことができない。水たまりの楽しさも知らない。そんなのつまらないよ。雲の上では、下から上に逆さまに雨が降るのだと思う。逆さまの世界が広がっていたら、神様だって退屈しないだろう。

四

君枝は人目を盗んで傘で飛ぶ練習を繰り返した。しかし嵐が来る予定もなく、あの日のようにはいかなかった。

次の土曜のお昼前に、平凡な雨雲がやって来た。

サクちゃんの傘を返してあげないと、サクちゃんが雨にぬれて困るだろう。

雨は静かに、しとしとと降り出した。

君枝は、自分の新しい傘を差して、サクちゃんの傘を持って、家を出た。

お礼の品は用意できていない。だけど、重大な秘密を打ち明けることで、サクちゃんにとっては良いプレゼントになるのではないかと思った。

——この傘、空が飛べるんだよ。

サクちゃんに耳打ちする場面を思い描くだけで、君枝の頰はぽかぽかした。

《なんだい、このしょぼくれた雨は。ザーッと降らんかね、ザーッと》

「ザーッと降って、すぐにやめば気持ちいいのにね」

《おや悪童、わかってんじゃないの。働いたあとにお日様にカラッと干されるのは、いー

い気分なんだよ》

「じゃあ、晴れたらカラッと干してあげるから、今は静かにしててね」

君枝は気難しい傘の扱いに慣れてきた。母親も前ほど厳しく言わないので、神経質にならずに済んでいる。

スダジイの木のところまで来ると、皆川サイクルの店の中が見えてきた。

ガラス越しに、サクちゃんが作業している姿が見えた。

袖をまくって、腰に道具を差していて、自転車のチューブをいじっている。パンク直しをしているのだろうか。いまサクちゃんに近づいたら、きっと、ゴムの臭いにクラクラするのだろう。

一歩ずつお店に近づきながら、君枝は願った。

サクちゃん、こっちを見てくれないかな。あたしに気づいてくれないかな……。

すると、すうっとサクちゃんが体をおこし、誰かを捜すように外の通りを見た。

そのとたん、君枝の周りの雨が停まった。

サクちゃんの顔を見たとたん、すべての雨粒が、ハッと息を呑むように、落下するのをやめてしまった。

君枝の体の周りで、何千、何万の透明な水の粒が、宙に浮いている。

いったい何が起きたのか、君枝にはわからない。ただ、サクちゃんと目が合うかもしれないと思ったとき、心臓が止まりそうなほど胸が燃えて、苦しくなったのだ。

　雨の雫は、涙のマークのような雫の形ではなくて、下が平らのおまんじゅうのような半円形にゆがんでいた。だけど、それはとても自然な丸みで、レンズのように景色を映していて、水面から飛び立ったばかりのウワスミドリのように、とても美しかった。トク、トク、トク、と君枝の速くなった鼓動に合わせて、輝きも脈動し、生きているみたいだ。あのウワスミドリは、この雨粒の中に住んでいるかもしれない。あの鳥たちは、雨になって地上にもどってくるのかもしれない。

　この宙に浮いた雨粒を足がかりにすれば、空に登っていけるのではないか、と君枝は思った。雲の上に登っていけば、空の膜に手が届くかもしれない。膜をぶち破って、向こう側へいけるかもしれない。誰も見たことのない世界を、サクちゃんと一緒に見にいけるかもしれない。

　今すぐサクちゃんを呼んでこなくちゃ。

「おーい、サ……」

　足を踏み出したとたん、雨粒が全部パランと地面に落ちてしまった。

「うちのお店に御用？」

　声をかけられ振り向くと、お腹の大きな女性が、スーパーの買い物袋を提げて、花柄の傘を差して立っていた。

「あの、サクちゃんに……」

「傘の子ね。主人から聞いてるわ。どうぞ中に入って」

主人って、サクちゃんのこと？

「ああ、マーさんが帰ったよ」

レジの横でタバコをふかしていたお爺さんが声をかけると、パンク直しをしていたサクちゃんが顔を上げ、マーさんと君枝の姿を順番に見た。

「おや、こんにちは。雨の日に、わざわざ傘を持ってきてくれたのか」

君枝は消え入りそうな声でようやく答えた。

「ないと、困るでしょう」

「ありがとうね」

「ジュース飲んでいく？　お煎餅食べる？」

マーさんと呼ばれた女性はサクちゃんの隣に立って君枝にニコニコと微笑んだ。

「結婚してるの？」

「そう。ぼくの奥さん。来月子どもが生まれるんだ。出てきたら、仲良くしてな」

サクちゃんに奥さんがいたなんてショックだ。しかし君枝はマーさんの存在よりも、マーさんのお腹の中の子どもに、激しく嫉妬を覚えて、そんな自分に混乱した。

「か、帰ります。傘、どうも」

君枝はマーさんにサクちゃんの傘を渡すと、店を飛び出した。
《この悪童め、乱暴に扱うんじゃないよ》
初恋じゃないよ。ぜんぜん違うよ。あんなおじさん、好きになるわけないじゃない！
君枝は、自分の傘に聞こえないように、心の中だけで言い訳をした。

「ちょっと君枝！」

母親の声に条件反射でビクッとする。

「お食事に出かけるから、家にいてって言ったじゃない」

母親が、こぎれいな格好で、見知らぬ車の助手席にいた。運転席には、縁の細い眼鏡をかけている以外に特徴のない中肉中背のおじさんがいた。

「ちょうど今から家に迎えにいくところだったから、ここで逢えてよかったわ。乗って」

母親が助手席から降りて、後ろのドアを開け、君枝を乗せた。

「ご挨拶は？」

「はじめまして、君枝です……」

そうだった、きょうは母親の彼氏と三人で食事に行く約束をしていたのだった。

今度の彼氏の彼河岸原さんは、母親が話してくれた通り、真面目そうで、平凡な生活に適した雰囲気だった。

「きみに何かプレゼントしたいと思っていたんだけど、何が良いのかわからなくて」

「あら、お気になさらないで。この子、あなたと逢えるだけで嬉しいって」

君枝は欲しいものを考えるのを、すっかり忘れていた。

「彼河岸原さんは、黒い傘、持ってる？　男の人のこうもり傘」

「車の中にありますよ。それが何か？」

「ううん。訊いてみただけです」

自動車は、近くのファミリーレストランの駐車場で止まった。君枝は、夢のようなレストランに行けるかも、と少しだけ期待していたので残念だったけれど、その選択は実に彼河岸原さんらしいと思った。君枝の父親とは違い、地に足の着いた生活をする、ろくでもない、ある人なのだ。

「ほら、傘」

彼河岸原さんは、車から降りるとき、自分の黒い傘を開いて見せた。大きさも骨の形も、サクちゃんの傘とほとんど同じもののように見えた。

でもそれは、君枝に差し出される傘ではないのだ。と、ぼんやり思う。その傘では、きっと空は飛べないのだろう。

君枝は自分の傘を差して、お店の入り口に向かいながら、ふと思い浮かんだことを言った。

「ねえ、あたし、自分の部屋が欲しい」

「あらあら、この子ったら、気が早いんだから」

　母親がよそ行きの声で笑っていた。


　その晩、君枝は、ある実験をした。

　家の二階のベランダから、自分の傘を使って飛んでみたのだ。

　傘は一瞬でおちょこになって、君枝の想像したようには役に立たなかった。

《この悪童め、やっぱりボキッと逝くんだよ、ボキッと！》

　新しい傘は折れなかったけれど、君枝は足首を捻挫した。

　病院に向かうタクシーの中で母親にネチネチ叱られながら、腫れてしまった足の痛みと、自分のものになることのないサクちゃんの大きな傘を思い、君枝は静かに嗚咽した。

第三章

彼のセーター

一

正午を過ぎ、アルバイトに行く時間が近づいていた。薄化粧をして、身支度が整い始めたところで、君枝が穿こうとしていた新品の靴下が、めんどくさそうにあくびをした。安売り三枚組の、甲から爪先にかけて動物の顔が大きく描かれたかわいいショートソックスで、今、穿きかけているのはパンダの顔だった。

「あんたね、安い靴下だからって、気がゆるみすぎじゃないの？」

君枝が小言を言うと、もう一方の靴下のパンダがオッサンのようなくしゃみをした。

「買うんじゃなかった。靴下があくびやくしゃみをするなんて、不良品じゃん」

君枝は憮然としながらパンダの顔の靴下を脱ぎ、捨てるつもりでいた色あせてすり切れかけている無地の靴下に穿き替えた。

君枝のまわりでは、いつも奇妙なことが起こる。それは君枝自身にも説明できない現象が多く、奇妙さを楽しむよりは、振り回されて迷惑するほうが多かった。

幼い頃には、そんな不思議は誰でも体験する自然現象の一つだろうと思っていたが、歳を取るにつれて、自分だけに起きる珍現象らしい、とわかってきた。幼なじみの高上陸からは「不思議体質」と呼ばれているが、ほとんどの人間は、君枝の「不思議体質」を認めることができない。問題が起きるたびに、わがままや怠慢（たいまん）や虚言癖（きょげんへき）という言葉で君枝を責める一方で、君枝の困難さに理解を示すことはなかった。

だから、君枝は、今では小さな不思議に驚くことはない。

靴下のパンダがくしゃみをした、と言って騒いだところで、誰が信じてくれるだろう。幼児が言ったことならかわいらしい空想だと大人は喜ぶだろうが、二十歳になった君枝が言えば、病気かと疑われてしまう。

「穿けよぅ」と靴下に不平を言われようと、知ったこっちゃないのだ。バイト先で靴下がイビキをかいたり歌をうたいはじめたら、たまったもんではない。

気持ちに余裕があれば、靴下との会話を楽しめたかもしれないが、今は急いでいる。戸締まりと火の元を確認して、スニーカーを履いているところで、ドアチャイムがなった。

新聞の勧誘の人にしつこくされたらどうしようかと警戒しながらドア越しに返事をすると、郵便配達の人だった。

「郵便受けに入らなかったので」

不恰好にふくらんだ大きな封筒を受けとって差出人の名前を見ると、幼なじみの高上陸だった。

陸は東京の大学に花々しく進学していった。地元の保育科の短大生となって県内に留まっている君枝は、顔を合わせる機会が少なくなっていたが、時々電話で簡単な近況報告をしあう程度の友情は続いてる。

しかし、物を送るという知らせは、陸から聞いてない。不審に思い、大急ぎで封筒を開けてみると、中から出てきたのは、プチプチにくるまれたプラスチック製のソプラノ・リコーダーだった。

リコーダーには花柄の大きめの付箋のメモが貼ってあり、「実家から送ってもらった荷物のなかに、どういうわけか君枝さんの縦笛が入っていたので、持ち主に返します」と書かれていた。

リコーダーの指穴の後ろ側に貼られた色あせた名前シールには、擦れば消えてしまいそうな薄さで、さなりきみえ、と母の癖字が読み取れる。佐成というのは母が彼河岸原さんと再婚する前の姓だから、君枝の物に間違いない。

でも、なんで、陸が？　なんでいまさら？

君枝は首をかしげるしかなかったが、封筒を玄関の棚に置いて、アパートを出た。

君枝のバイト先は、自転車で二十分走ったところにある郊外型ショッピングモールのファミリー向けのオーガニックの衣料品売り場で、あと一回遅刻したらクビにすると、ドジョウ顔のヒゲ店長からリーチをかけられていた。

不思議体質の君枝には、不測の事態がしばしば起こり、いつも通っている道が知らない町に繋がっていたり、売り場へ行くための階段が目の前で消えてしまったり、迷子の集団にみっしりしがみつかれて泣かれたり、館内放送で存在しない人から何度も呼び出されたりして、遅刻や無断欠勤や無断早退を本人の意思には関係なくやってしまうことがある。だから、クビには慣れっこになっているのだが、時給が上がる前にバイト先を転々としているために、常に見習い賃金で働かざるを得ないのが不満だった。

今のところは、売上金がなくなるような金銭的な不思議現象が起きてないので、時間にだらしないコくらいで済んでいる。時給アップのためにも、自分で防げるミスはしないようにして、どうにか今の職場で信用を勝ち取りたい。

君枝は自転車をこぎ、シフトの五分前にはエプロンをつけて持ち場に入った。店長の機嫌を損ねずに済んで、ひとまずホッとする。

棚の埃取りや整頓をしていると、寝具カバーの売り場のほうで衣類が崩れ落ちる音がした。特売品の枕カバーが床に散らばっていたので、集めて元の位置にもどす。イチゴ柄やガーベラ柄のかわいらしいプリントだ。雲の模様や葉っぱの模様もある。

「んっ、葉っぱ……？」

君枝は最後に手にした枕カバーを、しげしげと眺めた。そのスイカの葉っぽいデザインの枕カバーは、前にどこかで見た覚えがある。

上がり時間になったパートの女性から、レジを手伝いに行ってと声をかけられた。枕カバーの正体が気になったけれど、棚にもどして、レジのブースに入った。店長の横で商品の袋詰めを手伝いながら時間を過ごしていると、三歳くらいの女の子を連れたヤングミセスが、女児の肌着と一緒に、枕カバーを購入した。袋に詰めながら見ると、それはさっき君枝が手にしていた、スイカの葉の柄のやつだ。

見れば見るほど、見覚えがある。

知らんぷりをするべきか、君枝は迷った。しかし女児がなんとも愛らしく幸せそうな顔をしているので、良心が疼（うず）いてしまう。

「おっ、お客様、たいへん申し訳ありません。こちらは、ご返品か、別の物に交換していただけないでしょうか」

突然の君枝の言葉に、レジの店長がギョッとする。

「なにか問題がありましたか」

「店長、これはダメなんです」

「なにがダメなんですか。どこにも問題のない品物ですよ」

お客様がじれったそうに言う。

「困るわ。みいちゃんはこれが欲しいって言ったんですから。葉っぱの柄は、この一枚しかなかったのよ。ねえ、みいちゃん？」

「みいちゃん、この葉っぱのがいいのー」

「ダメ！　絶対ダメなんだよ。この葉っぱの枕カバーには……」

君枝はとっさに頭をめぐらし、言葉を探した。

「有害物質が検出されたとかで、回収の通達が出ていたはずです」

「何を言ってるんだ、きみは！」

不穏な気配を察したみいちゃんは、うわーんと泣き出し、お客様は怒り出す。

「まあ、ひどい。この店は、そんな危険な品物を扱っていたの？　お金返してちょうだい」

店長がしぶしぶ返金に応じ、君枝はレジのブースから連れ出されることになる。

「あの客は二度とこの店に来ないだろうね。営業妨害とは、どういうつもりかね」

君枝は校長先生に叱られた小学生のようにうなだれて、枕カバーをぎゅっと握りしめる。

「こ、この枕カバーは、普通じゃないんです。仕入れ伝票を確認してみてください。一枚分の数が合ってないはずですから」

「だとしても、有害物質と言うことはないだろう。うちの信用に関わるんだよ」

「でも、害があるのは本当なんです……。この枕カバーには遊農民というコビトみたいな人たちが大勢住んでいて、農地である枕カバーごと移動しながら雨場を探して、人間の涙でスイカを育ててるんです。だから、このカバーをつけた枕を使って寝ると、とても哀しい気分になって、毎晩なぜか涙がポロポロこぼれるようになってやつれていくし、コビトたちの収穫祭のどんちゃん騒ぎで眠れなくなったりして……えーと、なぜ知ってるかといいますと、昔、あたしも被害に遭ったんで……だから、あんなちっちゃい子が被害に遭うかもなんて考えたら、黙って見てられなくて……」

君枝は正直に話したのだが、店長には荒唐無稽な話を聞く耳などなかった。君枝が黙るまで忍耐強く待つと、優しい声色で言うのだった。

「その枕カバーを持って、帰りなさい。きみは、もうウチに来なくていいよ」

バイトをクビになり、君枝はしょんぼりと、家路の自転車をこぐ。

次のバイト、どうしよう。自転車圏内の目ぼしい働き口は、たいてい断られている。

自分が情けなくて、泣きそうになる。でも、泣いたって、何も変えられない。

信号機で停止したとき、頭で意識する前に、指先は携帯電話を探していた。

理くん、どうしてるかな。きっと仕事中だよなあ……。

この春、就職をした二つ年上の彼には、しばらくこちらからは電話をかけていない。研修やら何やらで忙しそうで、大学卒業と同時にこの町を離れてしまってからは、一度も逢ってない。逢いにいく交通費を作る余裕もないし、へこんで落ち込むばかりの毎日では、先行き明るい彼に合わせる顔がない。

理くんの声が聞きたい。でも、今の自分ではダメだ……。

新しい環境に飛びこみ、忙しく仕事をがんばっている彼に、停滞続きの君枝なんかが弱音を吐いてはいけないような気がする。

信号の色が変わったので、携帯電話をポケットにもどし、君枝は自転車を発進させた。なるべく親をあてにしないで、一日でも早く独立した生活をしたかったのに、この春、君枝は、短大三年生になってしまった。三年制の短大に行ったのではなく、留年をしてしまったのだ。それも、君枝の不思議体質が原因と言えるのだが、そんな言い訳が通用しないのは、本人が一番わかっていることだ。

家からU市の短大までは、電車とバスの乗り換えを含めて片道二時間程度で通える距離だった。しかし、一人暮らしがしたいと親に無理を言って、君枝はこの町にアパートを借りていた。学費さえ出してもらえば、生活費くらいは自分のバイト代で何とかできると思っていたのだが、君枝が考えていたほどお金を稼ぐことは簡単ではなかった。他の学生よりも学業を怠けたわけでもないのに単位が足りず、二年できっちり卒業できなかったことも不本意な結果となった。

短大への進学が決まったときは、四年制の大学に行くよりは早く働き始められるから、親に負担をかけなくて済む、と自分を慰めていたのに、留年だなんてかっこ悪すぎる。就職内定は取り消されたし、これからまた就活をするかと思うと、うんざりだ。だいたい、単純なバイトでさえ長続きしないのに、会社員としてやっていけるのだろうか。

不安は募るばかりだが、家族のいる家に戻る、という選択肢だけは君枝にはなかった。

高校三年生の夏に、二番目の弟が生まれたことで、君枝は朝昼晩、赤ん坊の泣き声と、母の気を惹きたい年頃のボーイソプラノの癇癪の声にさらされ続け、受験勉強どころではなくなった。

もう一年あとに産んでくれればよかったのに、と文句を言いたかったが、生まれてしまったものはしかたがない。

進学を希望していた都内の大学にすべて振られて、地元の短大にしか行き場がなくなったとき、本当なら、姉として弟たちの世話をして、母を手伝わなくてはならないという後ろめたさもあったけれど、これ以上、この家にいるのは耐えられないと思った。

自分の部屋の壁を厚くして、ヘッドホンで耳を塞いでも、拾い集めたガラクタや切り抜きでデコって異空間に仕立て上げても、所詮、あの家は、母と母の夫の家族の家なのだ。

今の父は、無愛想な君枝にも親切にしてくれるし、働き者で家庭的で真面目ないい人だと思うのだけど、母のパートナーであり弟たちの親である、としか君枝には思えなかった。

母が再婚してから十年もたっているのに、今の家では、下宿人として間借りしているような寂しさが付きまとうのだ。

心の奥のほうでは、母が勝手に君枝のパパを捨ててしまった、という幼かった頃のわだかまりがまだ残っているのかもしれない。

でもそのことは、一度も口に出したことはなかった。君枝の父がろくでもないやつだったから君枝のために離婚した、というのが、昔の母の口癖で、今の父と住むことになるまでは、何度もしつこく聞かされていたから。

離婚後は、母の親類のあっちゃんちに間借りして、大人たちと一緒の家に住んでいたせいもあり、実の父に逢いたいという気持ちになることはほとんどなかった。母の言うとおり、実の父が本当にろくでもない人だったなら、逢わない方が自分のためでもあると思う。

アパートに戻り、陸から荷物が届いていたことを思い出す。陸と出逢ったきっかけは、君枝があっちゃんちに住んでいた頃のお隣さんだったからだ。母の再婚により小学生の途中で引っ越してさよならしたが、高校で偶然再会し、また別々になった。

懐かしいリコーダーに息を吹きかけてみると、ピッと思いの外大きく、鮮やかな音がした。

古びた六畳の和室と狭いキッチンだけの質素な部屋は、実家にいたときのように、自分のテリトリーを主張するために飾りたてる必要はない。ここは君枝のためだけにある静かな空間なのだ。

なぜ陸が君枝のリコーダーを持っていたのかはわからないが、受けとったことを陸にメールで知らせよう、と携帯電話を手にしたところで、音声着信が入った。

彼からのコールを期待したけれど、相手は高上陸だ。

「きのう君枝んとこに郵便物送ったから」

「届いたよ。いまメールしようとしてた。なんなのよ、これ」

「だろー、まいったよ」

陸の声は、生き生きとして、楽しそうだった。

「寮を出て、ちょっと広いところに引っ越すんで、実家に置きッパだった荷物をお袋に送ってもらったんよ。そしたらその荷物の中に女の子の名前のついたリコーダーがあったもんだから、布未子がすっげー怒りだしてさぁ」

布未子というのは、陸が付き合っている、同じ大学の一コ先輩の女の子だ。陸とは釣り合わないお嬢様育ちの、豊かな黒髪の子で、君枝は一度も会ったことはないが、陸の話にしょっちゅう出てくるものだから、佐多布未子という名を略してサダコと名付けた。陸を大型犬のようにお伴させて、白いパラソルを差して上品なワンピースを着ているセレブなイメージが、君枝の中では勝手に膨れ上がっている。

大学一年目の四月の終わりに、先輩の家のディナーに呼ばれてしまったとか言って、陸から、ナイフとフォークに気後れしない練習のための食事に付き合うよう頼まれたことがある。

そのときは、春休みに貯めたバイト代に余裕があったので、君枝は都内の繁華街まで出向いて、陸の食事の予習に付き合った。といっても、高校を卒業したばかりの貧乏学生の二人が背伸びをして行けたのは、グルメ雑誌にクーポンを載せている、テナントビルの中のちょっと気取ったイタリアンのお店だ。お客さんの多くはコース料理ではなくピザやパスタを食べていたけれど、君枝にとっては初めての、白いテーブルクロスがかかり、キャンドルが灯されていて、コップではなく脚つきのゴブレットに水を注いでくれるレストランで、どきどきの体験だった。未成年なのでワインは飲めなかったけれど、ほんのちょっぴり大人の時間を味わえた。その経験は、後に付き合うことになった年上の葉山理とクリスマスディナーに行ったときに、多少の役には立ったと思う。

わざわざ予習をするほど気合いの入っていた陸だけど、本番ではナイフとフォークではなく、松阪牛のすき焼きだったそうで、割に合わない出費だったと嘆いていた。そのときの先輩がサダコというわけで、そんな経緯があったせいで、陸はよく君枝に彼女の話をするようになったのだった。

陸は自慢げに「刺身のわさびは醤油にとかしちゃだめなんだぞ」とか「正しい箸の持ち方、わかっているか」とか「ワイングラスは脚を持つんだって」とか「蕎麦やラーメンはすすっても許されるらしいが、スープやスパゲッティーは絶対にするなよ」とか、デート中にサダコから教えられた情報を、電話で君枝にそのままレクチャーしてくれた。君枝はマナーを知らないだろう、という前提で話すところが毎回ちょっとムカつくけど、陸にしても、セレブな彼女を自慢していると思われるだけでは、照れがあったのだろう。

「でさー、布未子の発想では、女子のリコーダーを持ってるのはスケベ心の表れにちがいないってことで、オレを責めるんだよ」

「はあ?」

「布未子が小学生だったとき、クラスのかわいい女子のリコーダーをこっそりべろべろ舐めていた男子がいて、先生に見つかって大問題になったことがあったんだって」

　君枝は噴きだしてしまった。

「何それ、ウケる」

「マセガキが、好きな子と間接キスをしたかったんだろ。だからオレが君枝のリコーダーを持っているのもそうに違いないって責められてさ。オレのうちに君枝のリコーダーがあったことすら知らなかったのに、だよ。オレって少なくとも小学生のうちは、そういう方面には疎かったし、君枝は四年生になる前には転校しただろ。そう言ってんだけど、気に入らないってしつこいから、君枝に返すことにした。君枝のだってわかっているのに勝手に捨てるのは悪いから。女って、十年前のことにまで、執念深いよな」

「ヤキモチ焼かれるなんて、愛されてるのねぇ」

　女だからではなく、サダコだからではないかと思ったけれど、冷やかしておく。

「で、君枝は最近どう?」

「どうって……」

　留年したという話は、してあると思う。でもそのことには触れられたくない。それとも恋人との仲を訊きたいのだろうか。遠距離恋愛になったことを、心配してくれてるのだろうか。でも、そのことにも触れられたくない。バイトをクビになったばかりだということも、いまはまだ話したくない。君枝には、陸に話せるような楽しい近況が思い浮かばない。

「親には顔見せに行ってるん？　春休み中に実家に帰ったとき、隣のあっちゃんちに君枝のお袋さんが子連れで遊びに来てるの見かけたよ。有紀哉が歩いててびっくりした。平次朗もでかくなったよな、九歳だってなあ」

「あの家は、賑やかすぎて。そういう陸こそ、どうなのよ。寮から引っ越すの？」

「うん、そのことなんだけど……」

　陸は少し言いよどんだ。

　なにか、寮で困ったことがあったのだろうか。陸は君枝と違って、みんなに好かれて、面倒なことが起きても誰よりも先にすり抜けている器用なタイプだったから、君枝に話しにくそうにするなんて、珍しい。支援する余裕はないけど、君枝にだって、グチのひとつやふたつくらいは、聞いてあげられる。

　じっと聞き耳を立てて待っていると、陸は真面目な声ではっきりと言った。

「オレ、布未子のマンションで一緒に暮らすことになったから」

「うえーっ！　そ、それはつまり、同棲ってやつ？　学生同士なのに？」

君枝は素直に驚いた。

「まあね。向こうの親、布未子に甘いから、一人暮らしのままよりはオレと一緒のほうが安心だって許可してくれたんだ。じゃ、そういうことで。長くなったから、切るよ。なにかあったら、いつでも電話して」

ふえーっ?

電話を切った後も、君枝は驚いたままだった。

小学校や中学校のときの同級生の誰かが結婚をしたとか子どもを産んだという噂は、都市伝説のひとつのようにこれまでちらほら聞いたことがある。だけど、身近な人間が、しかも幼なじみの陸が、一つ年上のサダコと同棲をするなんて、見知らぬ紳士から明日からベルサイユ宮殿に住んでくださいと頼まれるくらい、現実離れした出来事に思えてしまう。不思議体質の君枝が「現実離れ」と感じるのは変な話かもしれないが、同棲という発想は、君枝にとっての現実からは相当離れていることは確かだ。

君枝は色あせた靴下の片一方を脱いで、パンダ柄の靴下を穿いてみた。

「よかったね、とか、おめでとうって言うべきだったのかなあ?」

話しかければパンダが答えてくれると期待したのだけど、パンダはあくびもしゃっくりもしなかった。もう一方のパンダも、反応しない。ふつうの靴下にもどっていた。

「靴下相手に、なにやってんだ、あたし」

脱いで丸まった靴下を壁にぶつけたが、パンダの悲鳴は上がらなかった。

靴下を片づけながら、わざと声に出してつぶやいた。

「動揺しているのかな」

だって、陸も君枝も、やっと二十歳を過ぎたばかりの学生なのだ。でも、いちおう成人なんだし、結婚だって、相手がいればいつしてもいいわけだ……。

陸から届いたリコーダーに貼られた付箋紙が花柄だったのは、サダコの持っていたものを使ったからだろう。

ヤキモチ焼きのサダコさん。陸と同棲しちゃうほど、好きなのか。陸とがっちり同棲しちゃえるほど、愛しているのか。

陸のほうから同棲しようと言ったとは思えない。かといって、陸のほうだって、ルームシェアではあるまいし、一人で住むより二人のほうが持ち物を融通し合えて便利で経済的だからとか、そんな理由だけでは同棲なんてしないだろう。生活のパートナーとして、お互いを選んだのだ。

なんで陸がいいんだろう。なんでサダコを選んだのだろう。セレブだから、だけじゃないのはわかるけど、一つ年上なわけだし、大学で知り合っただけじゃ、陸のことを、どんだけわかっているのか、わからないじゃん。それでも、サダコは陸がいいんだ。そんなに陸が好きなんだ……。

君枝は、陸に何も言ってあげられなかったことを、申し訳ないと思った。

しかたがないので、充電中の携帯電話に向かって言ってみた。

「お幸せに」

つぶやいた声が掠（かす）れていたせいで、部屋の静けさに気づいてしまった。

「ラ～ブラブでよかったじゃーん！」

わざと大きめに声を出したら、ますます寂しくなってしまった。

理くんに、電話してみようかなあ……。

友だちが、学生同士なのに同棲を始めたの、って話をしたら、理くんはなんて言うだろう。うらやましがっていると勘違いされちゃうかな。

彼のことは好きだけど、朝昼晩、ずっと生活を共にしたいほどの、〝好き〟なのだろうか。彼がこちらに住んでいたときは、二、三度、彼の部屋に泊まったことがあるけれど、ワンルームで狭かったし、ずっとそこで暮らしたいとは思えなかった。広い家に住むことになったとしても、一日や二日を過ごすのなら楽しいかもしれないけれど、それが毎日続いたら、疲れてしまわないだろうか。

君枝には、サダコほど濃厚な思いは見当たらない。サダコみたいにこってり愛するようになるのが、大人の愛情なのだろうか。

そういえば、きょうは彼からメールが届いていない。だから、君枝も返信していない。

きのうもそうだった。

彼と知り合ったばかりの頃は、半日メールが来ないと心変わりかと不安になり、二日電話で声を聞かないと嫌われたかもしれないと感じ、三日も逢わなかったら他に好きな人ができたに違いないと暗い気持ちになって泣いたりしたものだ。

恋をしていた。片思いではなく、独(ひと)りよがりでもなく、思いはしっかり通じていた。彼ほどの人には二度と出逢えないだろうと心の底から思い、出逢えたことに心から感謝していた。

彼には、逢いたい。でも、卒業して、引っ越して、就職して、一足先に社会人となった彼は、新しい環境になって忙しいのだから、学生の君枝の都合や気分で邪魔をしちゃいけない……と、ケナゲにガマンできてるということは、以前のような気持ちではないってこと？

君枝は、心がすうっと冷たくなっていくのを感じた。

ううん、今も彼のことが好きなはず。嫌いになる理由はないし、少し離れたからって、気持ちが冷めたりするはずがない。でも、最後のデートはいつだった？　次に逢う約束は、いつだった？　約束を、いつからしなくなったんだろう？

カラーボックスの上の、生成(きなり)の毛糸のシンプルなざっくり編みのセーターが、ふと目に留まった。彼から借りたセーターを、返し忘れたままだった。もう、セーターの季節じゃないのに。

凄まじい孤独が、部屋全体でドクンと波打ったような気がした。

理くんに逢いたい。

逢えば、わかる。逢って、愛が冷めてないことを確かめたい。

彼は、君枝の「不思議体質」を、深く疑うわけでもなく、その奇妙さを面白がってくれた。陸のようには丸ごと信じてくれなかったが、一緒にいると楽しいと言ってもらえたことで、君枝はどんなに救われただろうか。

理くんに逢いたい。でも、急に逢いにいったら、やはり迷惑なのではないだろうか。逢って欲しいと電話する？　ううん、怖くて訊けないよ。今日は逢えないって言われてしまったら、どうしたらいいのかわからない。突然逢いたくなったから突然逢いに来た、それだけの理由でも、理くんには笑って受け入れて欲しい。もしも、迷惑そうな顔で何の用かと言われてしまったら……。

君枝は、畳んでしまっておいた地元の量販店の紙バッグに、彼のセーターとバイト先で持たされた枕カバーを詰めた。

セーターを返しに来たと言えばいい。それから、遊農民のことを話すのだ。彼と逢ったばかりのとき、スイカの葉っぱの枕カバーの話をとてもおもしろがって聞いてくれていたから。

三時間あれば行ける。今から行けば、彼の住んでるところには七時くらいに着くだろう。残業してるかもしれないけれど、とにかく近くまで行って、それから考えよう。

君枝は鏡の前で、かさつく唇に口紅をつけていこうかと少し悩み、見た目より効果を優先して、レモンの香りの薬用リップクリームを塗った。リップグロスはべたつくし、就活用に買った口紅の色は、君枝には気に入らなかった。彼は似合うよと言ってくれたけれど、似合うものが必ずしも好きとは限らない。

君枝は冷凍庫から貯金箱代わりのタッパーを出して、緊急用に分けておいたお金をお財布に詰め込むと、携帯電話を握りしめて、大急ぎでアパートを出た。

二

君枝は電車を降りると、騒がしさから外れたホームの端まで歩き、彼に電話をかけた。会社に近いほうへ行くか、マンションに近いほうへ行くか迷い、途中の乗換駅で連絡を入れることにしたのだ。

電話はすぐに通じた。

「おう、久しぶり！」

君枝を歓迎する明るい彼の声を聞いたら、ホッとした。なぜ、のんきに構えていたのだろう。もっとはやく、寂しいと、素直な気持ちを伝えれば良かったのに。

しかし、今の自分にまったく自信をもてない君枝には、素直になることは難しい。

「今、たまたま近くに出てきてるんだけど、これからちょっと逢えないかな。渡したい物があるし」

「いいよ、研修が終わって駅に向かっているとこだから。どこで待ち合わせたらいい？」

彼は、偶然、君枝のいる駅の近くにいた。偶然じゃなくて、運命なのだ、と君枝は思う。行き違いにならないよう、駅の改札付近で待つことにする。

携帯電話に保存していた彼の写真を開く。

一番新しいのは、入社式の朝に送ってくれた写真だ。

紺色のスーツに縞（しま）のネクタイを締めて、ちょっと緊張した顔をしている。おとなしめに整えられた髪が、別の人みたい。

君枝より二歳上だから、出逢ったときも大人っぽいと感じていたけど、会社員らしい平凡なスーツを着た顔は、急に大人らしい大人になってしまった。

就活中に初めて彼のスーツ姿を見たときは、悪ふざけでかっこわるいおじさんの真似（まね）をしているみたいで、あんまり似合ってないと感じていたけれど、入社式の朝の写真の顔には違和感はなく、彼はしっかりビジネスマンの仲間に入る準備をしていたんだなあとわかる。

君枝は、彼の大人っぽい雰囲気が好きだった。でも、冷たいスーツ姿よりもカジュアルなときの彼のほうが、包容力と優しさを感じられて良いなと思う。

彼と初めて逢ったのは、短大に入ったばかりのとき、学校の友だちに誘われて行ったカラオケボックスでだった。

短大の中では派手すぎず、人並みの容姿で、一人でいることが多い君枝は、数合わせにちょうど良い人材だったらしく、遊びに誘われることが何度かあった。そのうちの一回で、君枝は彼と知り合った。

先に話しかけたのは君枝のほうだ。彼は、君枝が高校一年生のときに一度だけ逢った男性に、よく似た雰囲気だったのだ。

「あのぅ、三年くらい前のことですが、嵐の夜に、大舟山（おおふなやま）の崖から落ちて困っていたときに、あたしを助けてくれた通りがかりの人に似ています。あの人ではありませんか」

思い切って話しかけてみると、彼は君枝に興味を示した。

「大舟山なら行ったことはあるけど、崖から落ちたってどういうこと？」

君枝はあのとき、ある拾い物を、元の場所に捨てるために、雷鳴の響く夜に自転車で大舟山に行ったのだ。ガードレールに自転車をとめ、それを崖から落とそうとしたとき、なにが起きたのかわからないが、おそらく不思議体質のなにかのせいで、自分自身が下に落ちていた。崖と言ってもなだらかだったので大きな怪我（けが）はなかったが、街灯の光は届かず、道まで自力でもどろうにも足元が見えずに困っていたところ、ヘッドライトがさあっと頭上を通り、直ぐそばで車が止まる音がした。ドアが開く音と、ＦＭラジオの音が、崖の下の君枝のところに漏れてきた。そして、拗ねるような、若い女性の声。

「こんなところで、どういうつもりなのよ」

「落ち着けよ。止めろって言うから止めたんじゃないか」

なだめる男性の声。痴話ゲンカの最中のようだ。

ここで登場しては、間が悪すぎないだろうか。それとも、お取り込み中ど－もすみません、と間が悪く乱入することで、あの二人は救われるのだろうか。君枝は助けを求めたいが、少し躊躇した。

女性が「なあにあれ」と言った。

「こんなところのガードレールに自転車が停めてあるなんて不自然じゃない？　女の子用みたいだし」

そう、それ、あたしの自転車ですっ！

「盗まれて乗り捨てられたんじゃないか」

「ここに乗り捨てて、どこへ行くのよ」

「じゃあ、この下で殺されているとか……」

こちらをのぞき込む気配がしたので、君枝は暗闇から大声をあげたのだった。

「そうなんです、下にいます。助けてください！」

驚いた女性が悲鳴を上げたけれど、死体ではなく生きている人間だとわかると、すぐに車に積んでいた懐中電灯で照らされた。ガードレールを越えてその男性は手を伸ばし、君枝を助けてくれた。心細さの極限で、その人の、大きくあたたかな手に触れたとき、君枝は生まれて初めて、びりびりとしびれるような大人の男の色香を感じてしまった。高校生の男の子臭さとはまったく質の違う、もっと特別な、洗練されて自信に満ちた、濃い深みだ。

雷鳴だけでなく大粒の雨が降ってきたし、崖から落ちていた事情を聴かれたくなかったので、君枝はお礼もそこそこに、自転車で山を下りてしまった。しかしその後も度々、あの男性から漂っていた大人びた雰囲気を思いだしては、ドギマギするのだった。

暗闇でその人の顔をしっかり見たわけでもないのに、カラオケボックスで葉山理と初めて会ったとき、同じ人ではないかと思わずにいられなかった。

年齢を計算すれば、別人なのはすぐわかったのだが、それはつまり、葉山理の雰囲気が、君枝が初めて大人の男を感じ、憧れの人となった相手に合致していたということだった。

カラオケボックスでは連絡先を聞くことはできなかったが、その後、君枝がバイトをしているコンビニに彼が立ち寄り、なんとなく交際がはじまった。

彼はどんなことでも、君枝の話をよく聞いてくれた。

「子どもの頃って、空、飛べたよねぇ」

君枝が突飛なことを言いだすと、彼は必ず楽しそうな笑い声を上げた。

「そうだった。おれも飛べたよ」

「でしょ？　子どもって、空、飛べるんだよねぇ。いつの間にか、忘れちゃうんだ」

「キミなら、今でも飛んでいけそうだよ」

彼は君枝のことをキミと呼んだ。君とは違う君枝だけのキミだ。

「もう重いからムリだけど、ちっちゃいときは大人の傘で飛んでったんだよ……」

でも、彼がいれば、空なんか飛ばなくたって平気だ。彼から離れてどこかに飛んでいきたいなんて、一度も思わなかった。ずっとそばにいられると思っていたから。ずっと同じ気持ちでいられると思っていたから。

「キミ」

彼は改札口の向こうから君枝を見つけると、軽く手を上げた。

スーツ姿の彼は、周囲の色にとけ込んで、もう立派なビジネスマンだ。彼が後ろを振り向いて何か言う。彼の周りには同じ書類袋を持った人たちがいた。一緒に研修を受けた、彼の会社の同僚なのだろう。髪をきっちりまとめたパンツスーツの女性もいて、彼の言葉に笑みを浮かべた。美人のくせに、女としては媚(こ)びてない。同じ仲間の顔で対等に話している。

君枝には、その仕草がショックだった。置いて行かれた、と思う。大人になるのに、置いて行かれた。君枝は、あの輪の中には入れない。

自分の格好は、カジュアルなパーカに綿パンにスニーカーだ。薄くメイクはしているけど、まるっきり学生気分のままで、リップクリームを塗っただけの唇には色気はないし、高校時代からアンチ・ギャル系だったので、眉毛も目の周りもくっきり描いちゃいない。こんなのは、久しぶりに彼氏に逢いにいく格好でもなんでもない。彼はもう社会人なのだから、自分だって仕事帰りの彼に合うように、もっときちんとした格好で逢いに来るべきだったと思う。

「そうそう、あの子が噂の不思議議ちゃん」

彼が、周りの人にそう言ってるのが聞こえた。

「んじゃ、お疲れーっす」

彼の同僚たちは、珍しい物を観るように君枝をちらっと見ると、それぞれの乗り場に散っていった。なんと挨拶したら良いのだろうと緊張して待っていたが、紹介されることはなかった。

「何持ってきたの？」

彼は君枝の大きな紙バッグをのぞき込む。

「ずっと返し忘れて……あれっ？」

紙バッグに入れてきたセーターが消えていた。セーターの代わりに、もじゃもじゃになった白い紙テープが同じ面積に詰まっている。

「さっきまでセーターだったはずなのに。ほら、ざっくり編みのセーター、借りたままだったでしょ。理くんが自分で編んだセーター」

「ああ、そんなのあったなあ」

彼が高校生の頃、男子の編み物がブームになっていたらしくて、学校で自分のセーターを編むのがはやったのだそうだ。

彼の部屋で、その手編みのセーターを見つけたときは、昔の彼女からのプレゼントじゃないかなと嫉妬を感じてしまったけれど、彼は百円ショップで毛糸と編み棒を買ってくると、君枝の目の前であっという間にマフラーを編んでみせ、器用さを証明してくれた。リリアンでさえ、まともに編めたことのない君枝は、器用な彼がますます大人っぽく、素敵に見えたのだった。

「返そうと思って持ってきたのに、セーターが紙テープの塊に化けちゃった。どうしよう、元にもどるのかな」

「いいよ、セーターなんて。たぶんああいうのはもう着ないだろうし」

彼はどうでも良さそうな口調で言い、ネクタイを少し弛めた。その仕草は、すっかりいっぱしのサラリーマンだ。

たしかに、今の彼には、ざっくり編みのカジュアルなセーターは似合わない。学生ではないのだから、髪形を変えたみたいに、着る物も持ち物も、どんどんそれらしい物に買い換えていくのだろう。そして、恋の相手も、スーツが似合う女性へと、変わっていくのだろうか。

君枝だって、本当なら、この春からスーツの似合う女性になっているはずだった。彼と一緒に変わりたかったのに、変われなかった。もし君枝が就職していたら、もっと自信と余裕をもって、彼に逢いに来られたのだろうか。逆に、呼びつけたりしたのだろうか。

「用はそれだけ？」

彼が時間を気にしたので、君枝は言った。

「ご飯くらい、食べようよ」

「メシ食って行けるの？　帰るの遅くならない？」

遅くなったら彼の部屋に泊まったって良いのだけど、その選択は彼の念頭にはないらしい。

「じゃあ、出よう。この近くの店のほうが、キミも帰りやすいだろ」

彼のマンションには君枝を連れて行くつもりがないらしい。新しい部屋は、写メでしか見ていない。行ってみたいけれど、彼は明日も朝から会社だし、迷惑になっては良くない、と君枝はガマンする。

「居酒屋でいい？」

　彼は、君枝の住む町にもある居酒屋チェーンに入って行った。久しぶりなんだから、オシャレな雰囲気の静かなお店にして欲しいなど、スニーカーを履いた君枝に言えるわけがない。

　待たずにテーブル席に案内されたが、店内は混雑していて騒がしく、ゆっくり話をする雰囲気ではない。彼にとっては、久しぶりに逢った恋人と過ごすことより、食事をすることが最大の目的なのだった。

　彼は君枝の帰りの時間を気にして、サワーやおつまみと一緒に、ご飯物もオーダーしてくれた。その優しい気遣いを、君枝はとても残酷に感じているのに。

「おごるよ。給料入ったし」

「おめでとうございます。ありがとうございます」

「なんだよ、改まって。ま、人生の先輩だもん、当然かな。あーあ、きょうの研修はきつかった。……ってキミに仕事の話をしてもしょうがないか」

「聞きたい。話してよ」

「別に、話すほどのことじゃないよ」

　年上の彼を好きになったのは、今までの自分よりも、背伸びをしてみたかったからかもしれない。

大手百貨店が撤退しちゃったあとの、負け犬感が否めない中途半端な地方都市で、青春時代を過ごさなくてはならない学生たちにできることはごく限られていた。合コンするか、バイトをするか、週末に東京へ繰りだすための準備をするか。そして、就職は東京に拠点がある名の通った企業に、と願うのはあたりまえのことで、その町で暮らす学生は、みな旅人のように慌ただしい。

君枝には、帰る場所もなく、行きたい場所も見つからなかったが、彼がいたことで、みんなと同じように慌ただしいふりをすることができた。

古い自分を脱ぎ捨てるように、変わりたかった。実際、彼を好きになり、同じ時間を過ごしたことで、君枝はずいぶん変われたと思う。

でも、君枝は、彼には追いつけなかった。

「遊農民の話、覚えてる？」

カンパーイと後ろの席で声がして、君枝の声は、お通しのタコわさびを辛そうに噛みしめている彼の耳に届かなかった。

「ん、何か言った？」

君枝は紙バッグに入れてきた葉っぱ模様の枕カバーを彼に見せた。

「くれるの？　おれにはかわいすぎじゃないかな」

あげるつもりではなかったが、君枝の心はぐらついた。彼がその枕カバーを使ったら、夜な夜な君枝のことを考えて、泣いてくれるかもしれない。君枝に逢えないことを、もっと悲しんでくれるかもしれない。

でもそのせいで彼をやつれさせるのは、良くない。それに、ナミダスイカのせいで哀しい気持ちになって涙を流すとしても、そのときに君枝のことを考えるとは限らない。仕事が辛いとか、別の人のことを考えて泣くかもしれない。

「返して」

枕カバーを紙バッグにもどして、君枝は運ばれてきた食事に専念した。

「なんだ、腹減ってたのか？」

ガツガツ食べる君枝に、彼はすこし驚いていた。ガツガツ食べてないと、話すことが浮かばなくて間が持たないのが居たたまれない。だから、食べるのだ。食べ尽くしてしまうと、店にいる理由がなくなった。彼と一緒にいる理由もなくなってしまった。

駅に向かう途中で、君枝は言った。

「友だちが同棲したんだ。まだ大学生なのに。生活費とか、親に出してもらってるのに」

「へーえ。ま、学生同士なら、かえって気楽でいいのかもしれないな。本人同士がそうしたいのなら、いいんじゃない？」

「そう」

彼の言うとおり、結局は本人同士の問題だ。

「大学生は良いなあ。もう学生時代が懐かしいよ。今のおれなんて、しばらくは、恋愛なんて考えてられないもんな。仕事覚えて、金貯めてさー」

「そう。あたしも、がんばって卒業しなくちゃ」

「しっかりしろよ。社会に出たら『不思議ちゃん』じゃ、通らないからな」

並んで駅の改札口を通り抜けた。

ここから先は、別の方向だ。彼は君枝の使う路線の階段の前で立ち止まる。

「じゃあ、気をつけて。またこっち来たときは、声かけてみてよ」

彼は、君枝がわざわざ彼に逢いに来たのだということには、まったく気づいてないのだ。まるで昔の友だちに偶然逢ったように、清々(すがすが)しく懐かしがっているだけなのだ。

「あのさ。まだ言われてないんだけど」

君枝は思いきって訊いてみた。

「なに？」

「いちおう付き合っていたんだから、うやむやにするんじゃなくて、ちゃんとお別れの言葉は言おうよ。終わりだってわかったほうが、引きずらないですっきりするから」

泣きださずに最後まで言い切った自分を、褒めてあげたい、と君枝は思う。

彼は、ようやく君枝の訪問の目的に思い至ったという顔をした。そしてあっさり認めてしまった。

「あ、ごめん。嫌いになった訳じゃないんだ。なんとなく気持ちが冷めてしまったって言うか、本当に忙しくてそれどころじゃなくて」

「そういう説明はいらないから、言って！」

「あ、ごめん。終わりにします。今までありがとう。でも、キミが嫌いになった訳じゃないから」

「わかった。ばいばい、さよならね」

彼に背を向けて、下りホームの満員電車の中に突入していく。

いつの間にか気持ちが冷めてしまっていたのは君枝も同じだ。なのに、終わったと認められてしまったとたん、哀しくて涙が出そうになるのはなぜだろう。

三

真夜中近くに、ひとりぼっちでアパートにもどる。

電車で居眠りしてきたせいで、君枝はぼんやりした頭で、部屋の明かりをつけながら思った。

——なんだ、まだ誰も帰ってきてないのか。

まだ誰も？　君枝を待っている人なんかどこにもいないんだった、とハッとしたとたん、寂しさが冷気と共に足元から駆け上ってきた。

寝ぼけて勘違いをしただけだ。いまさら寂しがることじゃない。君枝は、小さい頃から、どこにいるときも、誰かといたときも、ずっとひとりだったではないか。

途中で捨てようかと迷いながら持ち帰ってきた紙バッグをあがりがまちに置くと、寂しさに力尽きたようにぱたんと倒れた。中から返しそびれたセーター――紙テープに化けるのはやめたらしい――が半分飛び出したけど、放っておく。

君枝はやかんを火にかけ、マグカップを用意した。いつもなら、そろそろ寝ようかという時間だ。温かいお茶を飲んだら、今日はお風呂に入らずすぐに寝てしまおう、と思う。しかし、ティーバッグの箱を見ると、空っぽだ。うっかりしていた。コンビニまで行く気力がないので、アパートの向かいにある自動販売機で温かい缶紅茶を買うことにする。

やかんの火を止め、小銭を持って、スニーカーを突っかけて部屋を出る……はずだったが、前に進まない。

君枝の足は、沈んでいた。

「なに？」

玄関のたたきが地盤沈下しているのではない。君枝の影の部分に、自分の足がずぶずぶと落ち込んでいくのだ。

片方の足を持ち上げようとすると、反動でもう一方の足が深く沈んだ。完全に足を取られて動けない。ドアに手をかけて抵抗してみたが、手の落とす影にも指先がもぐりだした。君枝はなすすべもなく、泥のようにぬかるんだ真っ暗な影の中に、徐々(じょじょ)に沈み込んでいく。

「うそ。なんで？」

自分の影に落ちてしまうなんて、聞いたことがない。こんな日の、こんな真夜中に、こんな目に遭うなんて、情けない。助けを呼ぼうにも、誰が来てくれるのだろうか。「不思議体質」で騒ぎを起こして警察沙汰になったら、このアパートを追い出されてしまうかもしれない。

覚悟を決めて、息を止め、目をつぶる。

影の闇に入るのは恐ろしかった。だけど、先に沈んだ部分は寒さも冷たさも感じていない。ゆっくり目を開けたが真っ暗で、見た目には影と自分の体の区別がつかない。手で体を探ると、自分の実体がちゃんとあることはわかった。永遠に沈み続けていくのかと思えたが、やがて下方向への動きが止まった。どうやら底まできたようだ。おそるおそる腕を伸ばしたが、指先に触れるものはない。ゆっくり足を踏み出してみると、つま先は何にもぶつからなかった。このまま手探りで歩いていけば、どこかに出口があるのかもしれない。

でも、ヘタに動いて、床下から出られなくなったらどうしよう。

君枝は闇の中で、じっと息を凝らして考えた。

無意識に、両手で自分の腕を抱きしめていた。

寒いわけではないけれど、心細かった。自分の形があいまいになり、形を成さなくなっていくような、心細さだ。

返しそびれたセーターが、心に浮かんだ。

葉山理は、必要のなくなったセーターを君枝に残して、いなくなった。あんな中身の抜けた空っぽのセーターでも、着れば、君枝は温まることができるのだろうか。それともいつか、あのセーターに違う中身が入って、君枝を温めてくれるのだろうか。

あの人の何が好きだったのだろう。ちょっと大人の恋をした。でも、その相手はあの人でなくても良かったのかもしれない。あの人にとっても、相手は君枝でなくても良かったのかもしれない。

高校生のとき、崖の下から救い出してくれた男性の大きくて温かな手。あんなぬくもりが欲しかったのだ。何かに寄り添っていて欲しかった。だから、君枝は彼を好きになったのだろう。だから、彼からぬくもりを得られなくなれば、気持ちが冷めてしまうのは当然なのだ。

それに、あの人は、君枝のことを「不思議ちゃん」だと思っている。君枝はたまたま「不思議体質」なだけで、決して面白おかしい不思議ちゃんなのではない。それは、あの人が君枝を正しく理解してくれていたわけではなかったということだ。

誰も、君枝のことを正しく理解してくれようとはしないのだ。

唯一、幼なじみの高上陸だけは、かなりマシなほうだろう。陸は、幼いうちに君枝の不思議体質に気づいたせいで、奇妙な現象に遭遇しても、ちょっとやそっとでは動じない。

君枝はポケットに携帯電話を入れていたことを思い出した。手探りで開くと、反応した。モニターの光は暗闇に吸い込まれ、何も照らしてくれないが、機能はしている。しかも、アンテナマークが立っている。

「なにかあったら、いつでも電話して」というのは、いつも電話の終わりに陸が言う言葉だ。

でも、同棲を始めたばかりの人に、こんな真夜中に電話をかけて良いのだろうか。小学生のリコーダーにさえヤキモチを焼くサダコの気持ちを考えると、必ずトラブルの種になるだろうし、そこまで図々しくはなれない。

しかし、今は、堂々と「なにかあった」と言える事態だ。

それでもしばらく迷ったが、このままでは埒(らち)が明かないと思い直して、君枝は陸の番号に発信してみた。電話はすぐに留守番電話サービスセンターに繋がってしまった。

もう寝てしまったのかもしれない。

セレブな羽毛のベッドで、お金持ちのお屋敷の毛深い大型犬みたいに幸せそうにすやすやと眠る陸を想像したら、無性に腹が立ってきた。

高校時代には、陸とは「コンビ」と言われるほど、おバカなことを言い合って、時には蹴り合ったりもするような友だちだった。恋とかときめきとは無縁の関係だったし、そんな感情は持てなかった。陸を信頼していたけれど、恋人になりたいと考えたことはなかった。ぶつかり合うことを惧れずにぶつかり合える、コントの相方みたいなもの。でも今では、コンビではなく別のパートナーがいて、君枝の相方ではないってことだ。

携帯電話のアドレス帳を開いたが、母には頼りたくないし、母の夫には迷惑をかけたくない。短大のいまの子とは付き合いが薄いし、卒業した同級の子たちは東京か地元に帰っていて、この時間には呼び出せないし、別れたばかりの葉山理にだって頼れない……。

君枝は携帯電話をポケットにしまった。

「ちくしょー！」

もう、叫ぶしかなかった。

君枝はむしゃくしゃした気分を発散させながら、上を向いてやたらめったら手を振り上げ、うぎゃーっとか、ぐわーっとか、二十歳の娘らしからぬ雄叫びをあげた。

なぜか助けてという言葉は出てこない。理不尽な状況に対する怒りの感情だけだ。

「陸のバカー！　電話くらい出ろっ。女ったらしー！」

振り上げていた手が、何かに触れた。

糸のような何かが垂れ下がっていた。手を伸ばしてたぐりよせると、途中からピンと張り詰めた感触があった。

糸がどこかに繋がっている。

子どもの頃に授業で読まされた芥川龍之介の『蜘蛛の糸』を思い出した。

「なんかヤダ……。でも、これしかないし。おーい、上に誰かいますかー。おーい」

耳を澄ます。

――ん、なに?

遠くではなく、頭のすぐ上で、声がした。どことなく、聞き覚えのある声だ。

「あのう、実はちょっと困ったことになってるんですが」

――もしかして、君枝か? 声は聞こえど姿は見えず、だけど。

「陸なの? あたし、自分の影に落ちちゃったみたいなの。まっくらで、どうしたら出られるのかわからなくて」

――自分の影に落ちたぁ? 君枝はまだそんなことやってんのか。

「そんなことって?」

陸のからかうような〝上から目線〟に、君枝はカチンと来た。

「不思議体質じゃない人に言われたくない。あたしがいつもどんだけ苦労してるか、わからないくせに。楽しくなんてないし、おちゃらけたりふざけていたりしてるわけじゃないし、天然系な不思議ちゃんでも計算ずくでウケを狙ってるわけでもない。これが超能力みたいなやつで人の役に立てるなら良かったよ。でも自分のためにもなりゃしない。好きでやってんじゃないし、あたしのせいじゃないし、たぶん、あたしが悪いんじゃない。あたしはただ、普通に、まっとうに、平凡に、平穏に暮らしていきたいだけ。ただそれだけのことをやろうとしているのに、どうして誰も、あたしのしていることをちゃんと見てくれないの！　文句あるなら同じ目に遭ってみなさいよ！　遭ったこともないくせに、偉そうなこと言ってんじゃないよ！」

──待て。わかったから、そう熱くなるなよ。

水の流れる音と口をすすぐ音がする。陸は歯磨き（みが）の最中だったようだ。

──影に落ちたか。ん、何か踏んでるな。あれっ、オレの影から白っぽい毛糸が一本出てきてるけど……。

君枝の持っている糸にかすかな振動が伝わった。

「それ、あたしも持ってる。しっかり持っててね」

──ちょっ、待て、ぐわっ。

手に巻きつけて、自分の体を持ち上げるつもりでぐいっと引いたら手ごたえが消え、突然重たい何かがぶつかってきて、どたんと尻餅（しりもち）をついた。

「痛たた……」

急に周りが明るくなったと思ったら、君枝はアパートの玄関にもどっていた。

しかし、一人ではなく、目の前に陸がいた。同じように尻餅をついて、痛がっている。スウェットパジャマ姿で、お風呂上がりだったらしく、髪はまだ湿っていて、高級そうなシャンプーの香りがした。

「急に引っ張るから落ちたじゃないか……って、ココはどこだ。なんで君枝がいるんだ」

陸は不思議そうに、手にしていた糸をたぐりよせる。セーター一枚分くらいはありそうな、もしゃくしゃの生成の毛糸だ。

「イリュージョンってやつでしょ」

君枝はつぶやき、部屋に上がった。あがりがまちに置いた紙バッグに目をやると、枕カバーは残っていたが、例のセーターが消えている。

「とにかく元に戻れてよかった。ありがとね」

「へっ？　オレはどうなるの？」

毛糸を両腕に抱えて、陸も部屋に上がり、折りたたみテーブルの向かいの畳に座った。陸からは、彼女と同棲を始めた男の、幸せにゆるんだ余裕のあるかっこよさが感じ取れてしまい、それが君枝には面白くない。

「ココって、君枝のアパートなんだろ？　オレ、ココから元の場所までどうやったら帰れる？」

「電車がいいんじゃないの。もう終電終わってるけど」

「電車？　瞬間移動みたいので戻れたりしないの？」

「できるんなら、やってみれば？」

テーブルには、昼間届いたソプラノ・リコーダーを置いたままだった。

「冷たいな。オレは君枝に巻き添え食わされたんだぞ。それに、靴もない」

「これは不慮の事故なのです」

君枝は所在なげに、リコーダーを持ってテーブルの上でコロコロさせた。

「ちょっと電話貸してくれる？　布未子に連絡入れとかないと心配するかもしれない」

「何て言うの？　あたしの所にいるって？」

「怒るかな」

「さあ。彼女のことは陸が一番わかってるでしょ」

陸は電話をするのは諦めたようだ。いじっていた毛糸を丸め始めた。

「サダコは、陸なんかのどこがいいんだろうね」

「背が高くてかっこよくて顔がよくて頭もよくてアレもよくて運動神経もよくて力が強くて体が丈夫でやさしいからだって」

「よく言える。相変わらずの自信家ぶりね」

「ちょっと痩せたか？　電話では話してたけど、君枝の顔を見たのは久しぶりだな」

こうして見ていると、サダコが陸に惚れるのも、わからなくもない。なぜ自分は、陸に恋をしなかったのだろうか、と君枝は不思議に思った。

空を見上げれば雲があるのと同じように、気づいたときには陸がいた。その雲が、大きくて柔らかそうなときもあれば雷雲(かみなりぐも)のときもある。でも、たいてい、陸はどこかから君枝を見てくれていたのだ。本当は、好きになっていたのかもしれない。でも、淡いつながりを別のものに変えることで、失いたくないものがあったのかもしれない。それに、君枝はいつも不思議体質に振り回されていて、みんなと同じようにするだけで、いっぱいいっぱいだった。

「大丈夫か?」

陸に心配そうに訊かれて、君枝は驚いてしまった。

「陸こそ、あたしの心配してる場合じゃないじゃん」

「オレは始発で帰ればいいだけだから。サンダルかスリッパあれば、ひとつくれ。それから、電車代も貸して欲しい。すぐに書留で返すから」

「わかった」

「君枝は、大丈夫なのか?」

大丈夫なはずがない。いつだって、いままでだって、大丈夫だったことはない。

「ごめん、紅茶くらい出したいんだけど、ティーバッグ切らしてて」

「気にすることないよ。お茶飲みにきたんじゃないし、歯磨きした後だし。君枝は寝ていいよ。オレ、隅に座ってるから」

「まだ寝ないから平気。ごめん、布団は一組しかなくて」

「座布団もないし」

「そうなの。色違いのペアで買ったんだけど、急に足が生えて、部屋の中をうろうろしはじめてるなと思ってたら、いつの間にかいなくなっちゃったの」

陸は、プッと噴き出した。

「ここで大繁殖して、座布団だらけの部屋にならなくてよかったな」

「増えたら、誰かに売れたのに」

「ブリーダーかよ。もしかしたら、その座布団、子連れでもどってくるかもしれないぞ」

「だといいけど。生きてたら、座るのかわいそうじゃない？」

「それもそうだな。君枝のそれも、足が生えて、ヘビになったりするのかな」

陸は、君枝がいじっているリコーダーのことを言った。

「足が生えたらヘビじゃないよ」

「夜、笛を吹くとヘビが来るって親に言われたけど、ほんとかな」

そういえば陸はリコーダーが得意で、習い始めたばかりの頃は学校へ行くときも嬉しそうに吹いていたっけ。

「陸は物持ちがいいんだね。人のリコーダーまで、よく今まで持ってたね。あたしなんて、失くしちゃったことがあるもんね。結局見つからなくて、あっちゃんちの真波さんのを貸してもらって……って、待ってよ。失くしたはずのあたしのリコーダーが、どうして陸のところにあったの？」

「えっ、そんなの知らないよ」

「失くしたんじゃなくて、陸があたしのリコーダーを持ってたってこと？」

「かな。どっかで間違えたのかもな。時々、自分のリコーダーが二本あるような気がしてたから」

「軽く言うなっ。あ、あたしが、どんな思いでリコーダーを探していたと思ってるの！」

君枝は、小学三年生のときの苦労を思いだした。小さい頃は陸も君枝と同じくらいぼんやりしたところがあった。なのに、君枝のする失敗は不注意でだらしがないと責められるのに、陸の失敗はたいてい子どもらしいと可愛がられるのだ。陸はそういうやつだった。

「サダコが言ったみたいに、女子のリコーダー舐めてたんじゃないの、変態」

「あほか。さっさと寝てしまえ」

「わかった。寝るよ。あたしの部屋なんだから、堂々と寝てやる。陸なんて、あたしにとっては空気みたいなもんだから、全然気にすることも警戒することもないし」

君枝は押し入れから布団を出し、部屋のはしに敷いて、服を着たままで薄っぺらい上掛けにくるまった。陸にはシーツ一枚だって貸してやるものか。

寝てやる。本気で眠ってやる。

君枝は寝たふりをした。

本当は陸の様子が気になって、眠れはしなかった。だけど、何十分か過ぎて、陸が壁によりかかって座ったままでイビキをかきはじめたのを聞いていたら、君枝も眠ってしまった。

四

部屋の明かりをつけたまま、三時間くらいは寝ただろうか。カーテンの隙間から外を見ると、夜明けが近かった。朝の五時くらいか。

陸はキッチン寄りの畳の上に体を丸めて眠っている。

寒かったらしく、元セーターだった毛糸のもしゃくしゃを体の上に載せている。

毛布の一枚くらいわけてあげるんだった、と、君枝は後悔した。どうして陸にはやさしくできないんだろう。陸だってやせ我慢して黙っていることはないのに、どうして素直じゃないんだろう。

そろそろ、始発電車は動いているだろう。この時間に乗れば、ラッシュアワーが始まる前には、陸のマンションに着くだろう。

起こしてあげなくちゃ、と思う。

でも、起きたら、陸は帰るべき場所に帰ってしまう。そう思うと、寂しくなった。

もう少し、そばにいて。と、言いたいけれど、君枝には陸を引き止める資格がない。陸の選んだ居場所は君枝のところではないし、君枝のアパートに来たことだって、陸の意思ではなかったのだ。不思議体質の事故に巻き込んでしまったことを、申し訳ないと思う。サダコにも、本当に悪いことをした。

だけど、陸が帰って、この部屋でまたひとりになるのだと考えてしまうと、昨夜から心を包んで守ってくれていたものが取り去られるようで、ひどく心細くて寒々しい。

「行かないで」

君枝は、つぶやいて、後悔した。声に出したら、心がひりひりしはじめてしまった。寂しいからって、陸に頼るのは良くない。

君枝は、殻(から)をむかれようとするエビを想像した。エビが殻をむかれたら死んでしまうけど、セーターをはがされた人間は、風邪をひくだけだ。それに、別のなにかを羽織ってしまえば、寒さは防げる。大丈夫、君枝にだって、古いセーターの代わりになるものくらいは、見つけられるはず。それに、季節は夏に向かっているのだ。

さて。陸を起こすとしようか。

君枝は布団から這(は)いだしたが、普通に声をかけたり揺すったりするのでは、芸がないかなと思う。

畳んだテーブルと一緒にわきに寄せてあったリコーダーが目に入り、吹いてみることにした。

早朝のご近所さんに遠慮して、そっと息を吹きかける。

弱々しく、ピィッと鳴る。

すると、陸ではなく、陸の体の上にあった毛糸の端が、頭をもたげるように、ムクッと起き上がった。

おいおい、ヘビ遣いじゃないんだから。

君枝は心の中で思ったが、次の指示を待って耳を澄ましているような毛糸の様子が、ユーモラスだったので、もう少し吹いてみることにした。

ソラシーラソ
毛糸は一斉にしゅるしゅると動き始めた。

ソラシラソラー
まるで、生き物のように伸び縮みしてうごめいて、陸を中心にした輪の形になっていく。

面白い。君枝は調子に乗って、チャルメラのメロディーを繰り返した。

ソラシーラソ……

リコーダーと毛糸の騒がしさで陸はすぐ起きるだろうと思ったのだが、目を覚ます気配がない。

のんきなやつだ。起きたらびっくりするだろう。まさか毛糸にすっぽりつつまれているなんて、思わないだろうから。

やがて、毛糸がぴたりと動きを止めたので、君枝はリコーダーを吹くのをやめた。

六畳間のすみっこに、立派な繭ができていた。中には陸が入っているのに、毛糸はしっかり絡み合い、ほどけそうにない。

調子に乗りすぎた、と思う。

「おーい、陸。まだ起きてないの？」

不安になって、繭を叩いてみたけれど、内側からの返答はなかった。

「……もしかして、これ、ヤバくない？　陸、陸、起きて。聞こえてる？　始発の電車が出ちゃうよ」

叩きながら、繭に耳を当てる。

ぽおーん、ぽおーんと空洞に響く音はするけれど、陸のイビキや呼吸の音は聞こえない。

窒息してたらどうしよう。

君枝は繭をこじ開けようと毛糸の間に指やリコーダーの先をねじ込もうとしたが、隙間は作れなかった。

「どうしよう、陸が死んじゃうかも」

キッチンばさみを突き刺そうとするが、うまくいかない。巻き付いた毛糸を一本ずつ切ろうとしても、はさみの刃を隙間に差し込むだけでも大変な時間がかかり、毛糸は針金のように変質していて、切断できない。

「陸、返事をして。中にいるんでしょ」

繭を叩くのをやめて揺すってみると、たぷん、と音がした。

「溶けてる……？」

君枝は繭に体をあずけたままで、へなへなと床に崩れた。

陸にもしものことがあったら、君枝は殺人者になるのだろうか。

「ごめんね、陸。こんなことになるなんて、知らなかったんだもの……あたし、どうしたらいいの？」

陸がこの世からいなくなることなんて、考えられない。友だちとか親友とか、そういう言葉だけでは、陸への思いはあてはめられない。陸にどんな恋人がいたって……気にはなるけど、構わないと思う。ただ、漠然と、陸とはなにかしら繋がっていたいと、君枝は思うのだ。それが恋愛感情と呼べるのか、君枝にはわからないけれど。

「陸ぅ、返事してよう。陸を帰さないと、サダコに怒られちゃうよ」

君枝は涙を拭こうとティッシュボックスを探したが、中身はからっぽだ。ハンカチも見あたらないので、しかたなく、紙バッグから葉っぱの模様の枕カバーを取り出した。

無駄に涙を流すよりは、遊農民の耕作地の枕カバーを濡らしてスイカを育てる足しになった方がマシかもしれないと思う。

「陸……もうやだ、こんなの」

不思議体質なんて、うんざりだ。普通になりたい。この世界に適応したい。

ずっと前、陸に言われたことがあったっけ。不思議体質なのは仕方がないにしても、不思議現象に巻き込まれないように、不思議を疑えって。言われたときは、どういう意味かわからなかったけど、今は、少しわかってきた。

あたし、こんな世界は拒否する。もう何も信じないことにする。目をつぶり、耳を傾けず、何も感じないようにする。そうすれば、あたしは普通の人のように、生活できるのかもしれない。

考えてみれば、みんな、何かしらを犠牲にして生きているものだ。人に嫌われないように嘘をついて褒めてあげたり、自分を良く見せたくてムリして本当のことを隠したり……。そんなニセモノみたいな人生、つまらなくない？　って思ってた。

でも、陸がいない心細さに比べたら、マシだと思う。それに、感じないことだって、だんだんなれてくるはず。下の弟の夜泣きの声では上の弟が目を覚まさなくなったみたいに、自分の心の叫び声だって、なれてしまえば聞こえなくなるはず。

常識で考えたら、陸がこんな繭の中にいるなんて、ありえない。だから、これはすべて、何かの間違いだ。そうに違いない。

そのとき、繭が自己主張するように、ゴソッと動いた。

中からけばけばしい蛾の成虫が出てきたらどうしよう。

君枝はぞっとし、その考えを打ち消した。

これは、本当に起きていることではないはずだ。あたしは不思議体質なんかじゃなくて、ふつうの二十歳の女の子で……。

ゴソ……ゴソゴソ。

君枝は繭から離れて、耳をふさぎ目を閉じた。

自分はいつも、正しく理解されていない。と、君枝は感じていた。でも、もしかしたら、君枝自身が、自分のことを間違って理解していただけなのかもしれない。君枝は、ごくふつうの、平凡な女の子だというのに……。

ゴソゴソ……ゴソゴソッ。

「ふわあ、やっと出た」

甲高い、小さな声がした。両手で耳をふさいでいるのに聞こえてしまい、君枝はうっかり目を開けてしまった。

遊農民のコビトの一人が、葉っぱの枕カバーから出てきたのかと思った。でも違う。繭の上のほうに小さな穴が開いて、そこから手のひらサイズの小さな陸が這い出してきたのだ。

「陸!?」

君枝は自分の見たものが信じられない。

「なんでちっちゃく……」

「ふわあ、やっと出た」

最初の陸のあとから、そっくりなもう一人が出てきた。それに続いて次から次へと、小さな陸が、カマキリの子どものように、穴からわらわら湧き出してきた。

「な、なんなの、これ!」

「あ、君枝。でっけえなあ」

「君枝のくせに、でけえ」

「ほんとに君枝か? 怪獣じゃないのか」

ざっと二百人くらいいそうな小さな陸たちの塊が、君枝を見あげて口々に言う。

「あんたが小さいんでしょ。なんで分裂してんのよ」

陸たちは不思議そうに顔を見合わせた。

「まじで?」

「どうなってるんだ?」

「なんてことをしてくれたんだ」

「陸がいつまでも眠ってるからいけないのよ。すぐに起きてればこんなことにはならなかったのに」

「朝になったんなら、オレ、帰るわ」

「もう電車は動いてるよな」

「布未子のところに帰らないと」

「布未子が心配してる」

「怒ってるかな、布未子」

「布未子になんて言い訳しよう」

「う、うるさーい。この期におよんでサダコがなんだってのよ。そんな格好になっても帰るつもりなの？」

「だって、今はそこがオレの家だもん」

「帰ってから考えるよ」

「何とかなるだろ」

「陸のバカ。そんな体で、電車に乗る気？　踏まれちゃうし、運賃を何人分払うのよ」

　とにかく今は、陸が生きていただけでもよかった。君枝はあふれてくる涙を枕カバーで拭いた。

　すると、枕カバーの模様から、スイカのつるがしゅるっと伸びて、君枝の顔を押しのけるようにした。おどろいて枕カバーを畳の上に落とすと、君枝の右のくるぶしに痛みが走った。

見ると、そこに遊農民の小さな長老が立っていた。さっきの痛みは、長老の杖で、くるぶしの骨のでっぱりをパカンとひっぱたかれたせいらしい。

「これ女、われわれの神聖な土地を汚い涙でけがすでない」

「汚いって失礼ね。涙の雨を、あんたたちのスイカにわけてやってるんじゃない」

「ハンケチ代わりに使われては、ナミダスイカの生育に悪い影響を及ぼすのだ」

長老は、枕カバーに歩いていきながら、ふと、部屋の中の大勢の視線に気づいた。

「おや、小さいお人がこんなに」

枕カバーの葉陰から外の様子を見つめていた他の遊農民たちも、小さい陸に気づいた。好奇心の強い子どもたちが、一人二人と姿を現す。すると小さい陸の集団のほうも、同じサイズの人たちに気がついた。

「あれっ、あなたたちはもしかして、噂の遊農民の皆さんですか」

「昔、君枝から聞いて、一度お逢いしてみたいと」

「うわあ、逢えるなんて嬉しいなあ」

「この時代になっても、独自の文化と生活様式を貫いているなんて、オレ、尊敬しちゃいますよ」

「オレ、スイカが好きなんです。スイカが主食なんて、羨ましいっすよ」

小さい陸たちは口々に、褒め称えた。気を良くした遊農民たちは、あっという間に陸たちを受け入れた。基本的に、彼らは素朴な人たちで、人に好かれるタイプの陸は、当然、遊農民たちにも好かれるのだった。ちゃっかり、スイカ酒をご馳走してもらっている陸もいる。

「ちょっと、勝手に異文化交流しないでよ」

君枝だけが、遊農民から完全に無視されている。

「いやあ気持ちの良いお人だ。ぜひお仲間になってもらいたいですな」

「いけませんぞ、陸殿には待っているお方がいるのですから」

「陸殿はずいぶんお困りのようで」

小さい陸はそれぞれに身の上話をして、同情を誘っている。

「われわれには、元にもどす方法の心当たりがないわけではありません」

「先祖伝来の知恵、キッスオブファイアーを伝授しようぞ」

「愛の口づけは万能の薬ですぞな」

やがて何人かの遊農民たちが長老の許に集まって、陸についての話し合いをはじめた。

遊農民たちが急にしんとなる。結果が出たらしく、長老が、一歩前に進みでた。

「われわれは昨日から悪辣な環境に陥っておりまして、次の雨場に移動せねばと考えていたところです。ついでと言ってはなんですが、陸殿の行きたい場所に、われわれがお送りいたしましょう。さあ、お乗りください」

スイカの葉が、陸たちを枕カバーの中に招くように広がった。

陸たちは、大喜びで、枕カバーの柄の後ろに入っていく。

「そんなところに入って大丈夫なの？」

君枝は不安になるが、陸を引き止めていても、元にもどす方法はわからない。大勢の陸を一人で世話しきれるかもわからない。

毎度どんな構造なのかと不思議に思うのだが、枕カバーの模様の葉陰に、遊農民たちと二百人あまりの陸は、吸い込まれるように消えていった。

枕カバーの飛びたつ準備が整うと、部屋の窓が、勝手に開く。

すると、小さく、「待って」と声がした。

枕カバーの葉陰から、大勢の陸が見守る中で、一人の陸がとことこ走り出てきた。

「君枝。遊農民の人から聞いた話では、オレが元の体に戻るためには、好きな人のキスが必要なんだって」

「そう、早く元に戻れるといいね」

「みんなは布未子にキスしてもらう。だけど、オレは君枝としたい」

枕カバーの陸たちが、マジカヨといっせいにどよめいた。

「なあみんな、オレ一人くらい、いいだろ。布未子には黙っててくれるだろ？　みんなは布未子が好きだけど、オレは、たぶん、君枝のことが好きだから。元の体に戻ったら多数決で負けちゃうだろうが、オレは君枝のことが、いままでも、きっとこの先も、ずっと好きなんだと思うよ」

「あ……ありがとう」

数え切れないほどいた大勢のうちの、たった一人の陸だけが、君枝が好きだと言ってくれた。たったそれっぽっちなのかという虚脱した気持ちも、正直にはある。でも、ほんの一部分でも、陸が君枝のことを思っていてくれたのは、嬉しかった。

「心配するな。こんなちびっちゃいオレとなら、君枝にとってはチューのうちに入らないよ。だから、人助けだと思って、一度くらい協力しろ。そんで、忘れてしまえ」

「そんな言い方しなくたっていいのに」

君枝は、陸を手のひらに乗せて、口元に近づけた。かさかさした唇をしている自分の無精が、いまさらながら恥ずかしい。

陸は君枝にさっと触れると、君枝の手からホバリングで待機していた枕カバーに飛び降りて、照れるように葉っぱの陰に隠れてしまった。もう一言、何か言って欲しかったのに、他の陸も、サダコに後ろめたい気持ちがあったのか、顔をひっこめたままだ。

「みなのもの、空を渡ろうぞ」と、長老の叫び声と共に窓から風が吹き込み、勢いをつけた枕カバーは、ばたばたと羽ばたいて外に飛んで行ってしまった。

「行っちゃった……」

静けさが、部屋の中にもどってきた。

路地のどこかで、新聞配達のバイクの音が聞こえてる。

朝の空気に、体の芯がぶるっと震えた。

君枝は大きなくしゃみをして、窓を閉めた。

変な夢を見た、と君枝は思うことにした。

現実にあった不思議だったとしても、結局は、君枝が今ひとりぼっちでいることに変わりはないのだ。だから、夢として処理したところで、大した違いはない。陸が元に戻ったら、あの小さな陸の気持ちなど二百倍にうすめられ、どこかに隠れてしまうのだ。忘れてしまえと言ってたし、もしかしたら、ひとりぼっちの君枝に同情してくれたのかもしれないし。

唇に指を当ててたけれど、小さな陸の感触は少しも残っていなかった。

陸を包んでいた大きな繭だって、もう部屋から消えている。君枝は、隅に落ちていた胸のところに虫食いのように穴の開いたよれよれのセーターをキッチンのゴミ袋に突っ込むと、震えながら布団に入りなおした。

違う夢を見た方がいい。現実に入り込まない夢ならば、いくらでも見て構わない。君枝の今の状況から少しでも逃げられるのなら、どんな夢の中だっていい。
目をつぶる。そして、うとうとと、夢を見る。
君枝のほつれが、誰かの胸のボタンにひっかかっていた。君枝の心の糸を巻きつけたま
ま、その人は気づかずに行ってしまう。
編み目がほろほろととけるみたいに、がちがちに守っていた君枝の形がほどけていく。
止めようと握りしめれば、ぴんと張りつめた線は細くて、心もとなくて、あわてて力を
ゆるめるしかない。それはうぶ毛のように頼りない繊維の寄り集まりで、ひとつひとつが
つながっていたい、と頑(かたく)な思いの糸なのだ。からみあいよじれあい強く引き合い、切り離
してしまうには、あまりにも思いが強すぎる。
包む物を解かれた君枝は、慣れない薄着に寒い寒いと震えている。その誰かからまっす
ぐに伸びた極細の糸が、かすかに脈打って、君枝をつないでいてくれるけれどぬくもりま
では伝わらない。
早くたぐりよせて、新しい形に編み直さないと……。
うつらうつらと夢を見ながら、ひどい風邪をひくかもしれない、と君枝は思っていた。

第四章

夏の家

一

田舎（いなか）へ行くと、びっくりするようなことがある。たとえば、バス停で見知らぬおばあさんからゆで玉子をもらったり、金物屋さんの店先でスイカを売っていたり、ご飯のおかずにキナコやつぶあんが出たり。

君枝（きみえ）は訳あって、山に移り住んで陶芸家をしている親類の真波（まなみ）さんちで夏休みを過ごすことになったのだが、異文化生活に少々カルチャーショックを受けていた。

今日なんて、水遊び用に靴屋でビーチサンダルを買ったら、男物の革靴をオマケにもらってしまった。十二歳の女の子におじさん靴をオマケするなんて非常識ではないか。

君枝がぶつぶつ言ってると、真波さんは「蒔（ま）けばいいのよ、君枝ちゃん」と笑う。

「この陽気なら三日で咲くでしょう。いい靴だから、日当たりのいい場所に置いて水をたっぷりやると、立派に育つよ」

「は？」

君枝は理解に苦しんだ。もしかしたら、ここでは靴を植木鉢がわりにするのが流行（はや）っているのかもしれない。雑貨屋さんで売ってる変わった容器のハーブ栽培セットみたいに。

「縁側の軒先に置いたらどうかな。日当たりを良くして、お水はまめにね」

「靴の中に種を蒔くんですか？」

「そのまんまでいいのよ。水をやってみようか」

真波さんにうながされるまま、新しいビーチサンダルで縁側から下りて、軒先に革靴を置き、庭の水道のホースから水をじゃばじゃばかけた。

「靴は左右をちゃんとそろえてね。曲がってると変な形になっちゃうから」

君枝は、真波さんにからかわれているのだろうか、と首をかしげる。真波さんは、昔からちょっと変わった人だった。でも、悪い人ではない。

夕食のあと、こっそり庭を見ると、左右の靴から芽のようなものの先が見えていた。本当に何かの種が入っていたらしい。

君枝は寝る前にもういちど靴に水をたっぷりやった。

翌朝になると、黒い革靴から、クリーム色の太い茎が三十センチくらい伸びて、上のほうで左右が繋(つな)がっていた。むっちり発酵したパン生地の塊(かたまり)に靴を履かせたみたいだ。たった一晩でこれほどまで伸びるとは驚きだ。

ヘチマみたいに靴の実がなるのかな？

君枝はパジャマのまま庭に下りて、黒い革靴に水をやった。水がかかるとクリーム色の茎は嬉しそうにイキイキと輝いて見え、一まわりおおきくなったような気がした。

夏の太陽が空と庭を清々(すがすが)しく照らしていて目が眩(くら)む。いつでもどこへいっても夏のお日様は元気だ。

ホースの水を空へ向けて、君枝は虹を作る。

あたしにも、元気をちょうだい……。


夕方には、縁側の革靴はまた生長していた。

クリーム色の茎は朝よりもさらに倍大きく高く伸びていて、うっすらとうぶ毛を生やし、一番上は枝分かれするようなコブになっていた。

「こんなに伸びて、重さで倒れないのかな。支柱がいるのかな」

水やりをしていると、真波さんがぺらぺらした大きな紙を持ってきた。

「育て方を知らないみたいだから、あたしが用意しといたよ。そろそろ服を着せたほうがいいよ。これで覆（おお）ってあげると生長がよくて丈夫になるの」

真波さんは湿った紙のようなものを靴の茎にそっと被（かぶ）せた。

「君枝ちゃんの好みのタイプに近い服ならいいんだけど、どう？」

「ブルーグレーの……スーツの形？」

「靴のデザインに合わせたの。良く見るとストライプの地模様があるのよ。ネクタイとシャツは若者風のじゃなくて、落ちついた感じで、こだわりのある人っぽいおしゃれなタイプにしてみた」

「これって、服が必要なんですか」

「そうねぇ、靴々草(くつくつそう)にとっては、本来は服を着る意味はないかもしれない。でも裸んぼのままというのは、見ているほうが恥ずかしいものなのよ」

「はぁ」

君枝は真波さんのペースでうなずくばかり。

とにかく言われたとおりのことをした。田舎の退屈な毎日だ。何かの世話をすることは、面倒なばかりではなく、意外と楽しいものだった。

二

翌日の午後になると、真波さんは訊いた。

「名前は決めた？」

君枝は、大きく生長したそれに、水をやりながら言う。

「相手はおじさんだから、名前じゃ呼びにくいよ。『おとうさん』でもいいかなって」

「ふふ。そろそろ花が咲いてもいい頃ね」

「花ってどこに咲くの？　鼻の穴ってことはないですよね」

「あらおかしい、君枝ちゃんたら。靴々草の花が咲くというのは、目が開くことよ。呼びかけてみなさいよ」

まじまじと見た。靴から伸びたそれは、もう百八十センチになろうとしている。黒い革靴をはいて、ブルーグレーのおしゃれなスーツを着て、眼鏡をかけて、栗色の髪を生やして、まるで人間と変わりなかった。

「おとう……さん？」

それは君枝の目の前で、パチッとまぶたを開いた。明るめの茶色いきれいな瞳が君枝に焦点を合わせて、ゆっくり微笑んだ。

「やあ、待たせたね」

靴々草のおとうさんは、声優さんみたいに良く響くバリトンで言い、長い眠りから覚めたばかりのようにゆっくり手足を動かした。

君枝はきっと間抜けな顔で唖然としていたのだと思う。真波さんの笑いを堪えた顔を見たから分かる。

靴々草のおとうさんは、体の重さを確かめるように軽くぴょんぴょんと飛び上がって、歩く練習をした。思うように動いて満足すると、

「ここにいるのも何だから、入るよ」と、縁側から君枝の割り当ての部屋に入り、座布団に座った。

「あ、土足」

「靴々草だから、脱がなくていいのよ。気になるならスリッパをはいてもらいなさい。草同士では会話するそうだけど、人間には最初に目があった人の声にしか反応しない習性なの。しっかり面倒みてあげてね」

『おとうさん』は勝手に折り畳みの文机(ふづくえ)を出して、どこでノートとペンを見つけたのやら、書き物を始めてる。夜になっても君枝の部屋に居すわるつもりだろうか。

「まさか、あの人ずっとここにいるの？」

「持ちのいい花が咲きつづける程度の寿命ね。仲良くしてあげれば、長持ちするわ。『おとうさん』はあなただけが頼りなのよ。枯らさないようにね」

「あたし、どうしたらいいのかわからない」

「水をやる以外は、普通にお父さんにするみたいでいいのよ」

真波さんはポンポンと君枝の肩を叩くと、台所へ戻った。

君枝は唇をかんだ。

「その普通っていうのが、わかんないんですけど……」

こんな物が咲くと最初に説明してくれれば水をやろうなんて思わなかったのに、真波さんは意地悪だ。なんでまた、自分は『おとうさん』の靴の種なんかをもらってしまったのだろう。どうせなら同い年ぐらいの女の子がよかった。だいたい、コドモの君枝が『おとうさん』の面倒をみるのは変だと思う。

書き物をする『おとうさん』を縁側からそーっと観察しているうち、君枝の頭の中にいいアイデアが思い浮かんだ。

このごろ『家族』たちが騒々しい。

君枝は『おとうさん』が咲いた翌日、靴屋へ行って、新しい靴々草の種を買い込んだ。『おかあさん』と『赤ちゃん』だ。『おかあさん』より先に『赤ちゃん』が咲いてしまったので一晩はひどいめにあったけれど、そのあとはうまくいった。今朝早く、追加で買った『おとうと』が咲いた。『おとうさん』は家族ができて、嬉しそうだ。

真波さんが陶芸の作業場に出かけて、君枝が家にひとりぼっちになると、『家族』たちは自分の家にいるように振る舞いはじめる。

家のなかで、『おとうさん』は相変わらず机に向かって書き物をして過ごしていた。『おとうと』は『赤ちゃん』と遊ぶのが大好きで、『おかあさん』は『赤ちゃん』の世話をしつつ、掃除をしたり花を飾ったりアミノ酸ジュースをつくったりしている。

でも、『家族』に命の水をやるのは君枝の役目で、それ以外でも『家族』のなかで一番必要な存在とされているのは、君枝だった。君枝の姿を見ると、『おとうと』は遊んでと走り寄ってくるし、『赤ちゃん』はキャッキャッと笑う。部屋の隅(すみ)でいつも忙しそうに机に向かっている『おとうさん』だって、必ず書き物から顔をあげて君枝に「元気かい。

きょうの天気はどうだい？　なにかいいことあったかい？」などと声をかけ、『おかあさん』は手作りジュースのお味見や花の生け具合はどうかしらと君枝の意見をききにくる。

あまり深く考えたことがなかったけれど、『家族』がいるって、悪くない。

でも、君枝にあれこれ指図せず、そのますべてを受け入れてくれる靴々草の『家族』だから、良く思えるのかもしれない。

と、心の中では冷静に分析していた。その一方で、『家族』との生活が、この夏休み中続いていくものと、君枝は勘違いをしていた。

三

朝、目覚めると一番に、靴々草に水をやり、朝食を食べ、掃除をする。真波さんが陶芸の作業場へ出かけたあとは、靴々草の具合を見ながら適度に水をやり、テレビをみたり宿題をしたりして過ごす。

お昼が近づくと、君枝は真波さんと自分用に、お弁当を作る。野菜中心のおかずとご飯は、真波さんが朝のうちに作っておいてくれる。それを冷蔵庫から取り出して、君枝がお弁当箱に詰め込んで、冷たい麦茶の水筒と一緒に作業場まで持っていくのだが、お弁当には毎日必ずプラスアルファの一品を君枝が作って入れること、という約束だった。

「他人の作ったお弁当って、ふたを開けるのが楽しみだから」

と、真波さんは言う。

作るといっても、材料が豊富ではないので、ゆで玉子やきゅうりを変な形に切ったり、ご飯に海苔(のり)やゴマで顔をつけたり、かわいいおにぎりにするくらい。家事嫌いの母親のおかげで、スパゲッティー程度なら、君枝一人でも作れるのだけど、真波さんの家には買い置きの乾麺(かんめん)や冷凍食品がなく、日ごろの腕を振るえない。

豊富にあるのは庭で採(と)れた夏野菜ばかりで、野菜が一品増えたからといって、お弁当が華やぐものでもない。だから、きっと真波さんは、一人で留守番している君枝が退屈しないよう、負担にならない程度の役割を作ってくれたのだろう。面倒だなと思うこともあるけれど、ただぼんやり時間をつぶして生きているだけでいい毎日を過ごすよりは、かなりまし。だから、君枝は、真波さんとの約束を守っていた。

山のどこかでお昼のサイレンがなると、君枝は『家族』に行ってきますを言って、真波さんの陶芸の作業場まで歩いてお弁当を届け、一緒に食べる。会話は少ない。でも、お弁当のふたを開けたあとで、いつもにこっと笑ってくれる。その笑顔は、元気のない君枝にとっては、百の会話と同じ言葉であり、甘い薬だ。たまに君枝が迷子になって時間を守れないときやお弁当の中身に逃げられることがあったけど、真波さんはそのことについては何も言わないでいてくれた。

　そんなある日、空のお弁当箱を持って『家族』の待つ真波さんの家にもどり、いつものように玄関を開けたら、ぎょっとするほど静かだった。留守の家みたいに空気が固まっていた。

「みんな、出かけたの？」

　家のあちこちを覗くと、文机の前で『おとうさん』が苦しそうに突っ伏していた。君枝は急いで『おとうさん』に水をあげた。

「具合が悪いの？　みんなはどこ？」

　水をやっても『おとうさん』はまったく元気にならない。

　部屋のなかに、女性用のパンプスと、子どものズック靴と、赤ちゃん用のやわらかな靴が落ちていた。

「時期が……来た」

「嘘でしょ？」

「ありが……と……」

『おとうさん』はへなへなと萎みはじめた。

「い、いやだ。真波さんを呼んでくる」

　君枝は助けを求めて、途中の道端に停めてあった大人の古い自転車を借りて飛び乗った。でも、急いでいるのに、足が震えて力が入らない。君枝はキイキイ鳴く自転車を漕ぎながら、いつの間にか泣いていた。

「君枝ちゃん、どうしたの？」

作業場の前で自転車ごと転倒した君枝の肩を、真波さんは両手でぐっと強く摑まえ助け起こした。

「靴々草が、枯れたのね？」

真波さんは君枝の目をしっかりのぞきこんで察すると、勢いよく抱き寄せた。

う、汗くさい。

人の匂いを、忘れていた……。

体中に、人の感触が伝わると、君枝は涙を隠すのを忘れて、アニメの中の子どもみたいに、うわーんと声をあげて泣いた。

「花が終わっただけで、死んだわけではないんだよ。あれが靴々草の生きかたなの。人間の身勝手で、悲しんじゃいけない」

「でも……でも、こうなるってわかっていたけど、涙がとまらないんだもん。本物の家族より、家族みたいで好きだったから……」

真波さんに慰められて、ひっくひっくと泣きながら再びひとりで家にもどると、文机の上にページが開かれたままのノートを見つけた。

「きみえへ。

わたしをおおきくそだててくれたおかげで、わたしはほかのくつくつ草よりもながく花をさかせることができた。

かぎられた花のじかんを、きみえにこと葉をかきのこすためについやそうときめて、わたしはまいにちかくれんしゅうをしました。

水をあたえてくれて、ありがとう。

わたしに花のあるうちに、きみえの花がみられないのはざんねんです。しかし、このこうふくなうんめいをなげいたらよくばりすぎですね。きみえがよい水をえて、よい花をさかせられるよう、いのっています。

おとうさんより」

それは、靴々草の『おとうさん』が、いつも熱心に書き綴っていたノートだった。

あの『おとうさん』がただの水やり栽培人以上に君枝のことを大切に思っていてくれたなんて、あの『おとうさん』が君枝のために言葉を書き残していたなんて、夢にも思わなかった。

君枝はノートを胸に押し当てた。

もっともっと『おとうさん』と話しておけばよかった。共通の時間を持って、君枝のことを知って欲しかった。でも、そうなっていたら、きょうの別れはもっとつらかっただろう。顔も覚えていない本当の父親と別れたときよりも、ずっとずっと寂しくなっただろう。

人に関わって、悲しい思いはしたくない。きっとみんなは、君枝を正しく理解してくれない。だから君枝は、新しいお父さんとも、ずっと仲良くできなかった。本物の代わりになろうとしてるとわかっていたけれど、母親のパートナー以上には、受け入れることができなかった。

三人一緒に暮らしはじめたころ、新しいお父さんはお客様みたいだった。なのに、いまでは君枝のほうがお客さんだ。

母親は生まれたばかりの弟の世話で手一杯。家の外で過ごそうにも、今の学校の友だちとはうまくなじめず、君枝の居場所がない。だから、真波さんに迷惑になるとわかっていても、君枝は山でひとりぼっちで過ごす夏休みを選んでしまった。

「こっちにきても、なにもないわよ？」

母親からお願いを伝えてもらったとき、真波さんは電話の向こうで笑ってた。そして、君枝が黙っていると、もう一度笑って言ったのだ。

「なにもないのが、いいのね？」

真波さんは言い当てていた。そのときの君枝は、友だちも家族も、誰も欲しくなかったのだから。

君枝は、硬く縮んだ『家族』の靴を縁側の軒先に並べて、それぞれの花の姿を思い浮かべた。

花は、枯れるために咲いていたわけじゃない。寂しいけれど、それが花ってやつなんだ。

そして君枝は、本物の家族が待つ家の、狭くて暗い玄関に窮屈に置かれたそれぞれの靴を、思い浮かべてみた。

いつか自分も、あの家で家族っぽく振る舞えるようになれるのかな、と。

第五章
――クジラの島

一

寂しい。

寂しい。寂しい……。

寂しさが、雪のように降りつもる。

コンコ、コンコと降りつもる、天からの白い寂しい結晶を顔に浴びて、君枝（きみえ）はぼんやり佇（たたず）んでいた。やがて歩き出す。なぜ自分がそんなところにいるのか、君枝にはわからなかった。右も左も、大きな紙が貼ってあるように白い。しかし、寂しさを踏みしめて、一歩ずつ、進んでいく。あてはなくても、いつまでもここにいるわけにはいかないのだ。同じ場所にとどまっているのなら、岩にでもなって眠らない限り、雪の感覚がつきまとう。

しかたがない……。

君枝はまっさらな雪道に、足跡を付けていく。

どこへ行くかはわからない。とにかく行き着けるところへ、行ってみるのだ。

いつか、雪はやみ、いつか、雪は溶ける。

寂しさも降りつもるのをやめ、溶けていくだろう。溶けた寂しさはしっとりと君枝を包んで、乾いて消えていくはずだ。だけど、その鋭く凍（い）てついた記憶は、ぬぐい去れない。

思い出したように体の中をきしきしと貫いていく。寂しさに慣れた頃に、とつぜん痛みがぶり返す。

――痛い。

体を曲げて、痛みから逃れようとする。心が痛い。それから、腰とお腹が……。

真っ白な夢から覚めたのは、明け方だった。激しい生理痛に、体を丸めた。痛み止めの薬の効き目が切れたのだ。胎児のポーズで、膨張した苦痛の塊が縮んでいくのを待つ。

隣の布団では、君枝の夫が軽やかなイビキをたてて眠っている。憎たらしいほど平和な眠りだ。

月経は毎月痛みを伴い、規則正しくやってくる。まるでなにかの罰を受けているようだ。妊娠しない罰だというのならば、夫にも同じような苦痛を与えるべきなのに。なぜあたしだけが、と君枝は思う。

夫の両親との食事会で、そろそろ孫の顔が見たいわねぇ、と責めるように小声で訊かれるのはいつも君枝。思い切って「わたしひとりでは産めませんから」と言い返したが、むこうの家族には意図が通じていない。

同じ部屋で布団を並べて寝る意味がない。

なぜ結婚をしたのだろう。

それは、運命だ、と思ってしまったからだ。それに、ひとりでは寂しかったからだ。誰かの妻になれば、自分は変われるのだろうと期待していた。

だけど、夫婦になって三年たった今だって、寂しさは変わらなかった。

最初の一、二か月は、そこそこ満足だった。でも、夫がいることに慣れてきて、家の中でのお互いの存在が、だんだん空気みたいに薄まってきて、この頃は、もしかしたら夫は存在しないのではないか、と思うようなときがある。では、目の前にいるこの人はナニモノなのかと問えば、やや年の離れた夫以外の何者でもないのだけれど、その生きた物体を夫と呼ぶのなら、家の中に夫が五人いても十人いても、君枝の感じる空虚な気持ちは変わらないだろうと思う。

いつだったか、冗談めかして離婚という言葉を口にしたことがある。夫は君枝の深刻さなど気づきもしないで、穏やかな表情で答えたのだった。

「離婚はしないよ。だってぼくは、きみと一生夫婦でいるために結婚したんだから」

夫は、君枝が愛情の確認をしているのだと思ったのかもしれない。寛容さや包容力にも似たその鈍さは、君枝がその男を夫に選んだ理由の一つでもあったけれど、あまりにも、鈍すぎた。それとも、君枝の心の内など見越していて、わざと鈍い振りをしているのだろうか。わかっているのに何も手を打たないのだとしたら、それはいかにも君枝の夫らしい振る舞いだ。

存在してないかもしれない夫にとって、君枝はどんな妻なのだろうか。

夫にとっての毎日の家庭生活は、偶然エレベーターに乗り合わせたみたいに、一時的に同じ空間にいるだけなのか。ボタンを押した階でエレベーターのドアが開くまでは一緒にいるのが当然で、階段を選ばずにそこに乗り込んでしまった以上、出口がないと文句を言うのは意味がないと思っているのか。そんな些細なことのように、生活を軽く考えているのではないだろうか。

首を伸ばして、平和な眠りの中にいる夫の顔を見つめてみたが、とくに何の感情もわかなかった。

君枝は、布団の中で丸まりながら、あたしのせいじゃない、と唇を動かした。

やっと手に入れた君枝の家庭だ。あたしだって心地の良いところでぬくぬくしていいんだ、と、初めは幸せを感じていた。なのに、ぬるいコタツに長い間入りつづけていると、血行が悪くなって足の指がしもやけのように腫れあがって痛がゆくなる。

夫の興味を惹けない自分が情けないし、一回りも若い二十六歳の妻に興味を持とうとしない夫にも不満を感じる。いい人だけど、それだけなのだ。これまでだって、「好き？」と訊けば「好きだよ」と答えてくれたけど、こちらの不安を解消してくれるほどの言葉を追加することはなく、行動もなかった。

心の距離に合わせてみようと、布団の距離を少しずつ離してみたこともあったが、夫の反応はない。できることなら別の部屋に寝たいところだが、ほかに布団を敷くスペースがあるのはキッチンのテーブルの下だけで、その床は硬くて冷たすぎた。

努力はしたと思う。君枝から働きかければ夫は応じるが、自分の欲求だけを解消すると寝てしまう。君枝はいつも、惨めな気持ちになり、後悔した。

君枝より長く生きているからといって、人生経験が多いのではない。人生を楽しむためならほんの少しの努力や忍耐は惜しまないという人がいれば、平穏に坦々と起伏のない日常を繰り返すことだけに幸せを求める人がいる。夫は三十代半ばにして、人生をなだらかに収束していく後者のタイプだから、君枝より多く生きた歳月が、比例関係で知識や経験の差となっていくわけではないのだ。まして妻の気持ちなどという、興味のないことまで知りたいとは思わないのだ。

君枝にしたって、平均的な二十六歳に相当する経験を積んでいるのか、と人から問われれば、たぶん、それなりに……としか言えないけれど、でもどんな人だって、好ましからぬ他人を批評するときは、容赦ない目で査定するものだ。

しかし、人を批判したところで、自分の何かが変わるだろうか。

自己嫌悪に目をつぶり、ふたたびまぶたを開けたとき、掛け布団の隙間から君枝用の赤い目覚まし時計がひょいと顔を覗かせ、パチンとウインクをした……。

君枝は、逃げようとする目覚まし時計をむんずとつかみ、アラームのスイッチをＯＦＦにしながら、自分に言い聞かせるように言う。

「目覚まし時計はウインクしません。顔のない時計がウインクできるはずがない。動き回ることもないのです。一瞬の夢の中のことでした。目覚まし時計は、静かに鳴りました。以上」

君枝は、声を発することで現実を正しく書き換えて、布団から抜け出す。

腰が重くて、めまいがする。でも、仕事に行かなくちゃ。今日は早出の日だ。

学生時代は失敗ばかりで、アルバイトが半年続いたことがなかったが、結婚してからは、割合、続くようになった。といっても、フルタイムの会社員ではなく、いまは週五日の宅配弁当屋の調理補佐と、気まぐれ営業のリサイクルショップの女主人に頼まれる突発的な店番が、その主な仕事先だ。他には、都合に合わせて短期のアルバイトを入れているが、一緒に派遣される登録者が年下ばかりになってきたので、そろそろお呼びが掛からなくなるだろうと思う。今のうちに、割の良い仕事を探し始めたほうがいいのかもしれないが、節約をして生活するのには慣れていたし、パートの仕事が珍しく続いているのは内容が君枝に向いているのだろうと思う。

以前に比べれば、暮らしは楽になっている。

夫婦で生活することの利点は、家賃や生活費の負担が一人のときより軽減することだ。仕事をなくして来月の家賃が払えなかったらどうしようとか、真夜中に急病になったり強盗がきたらどうしよう、という緊張感と悲壮感が薄れただけでも、君枝は恩恵を受けている。しかし、同居のメリットだけならば、結婚をする必要はなかったのだ。

契約することで、安心を確実にしたかった。子ども騙しのロマンティックなフィクションのなかには、悪質な嘘が紛れ込んでいると知らないわけではなかったし、母が離婚して再婚するまでのどたばたを忘れたわけではない。だけど、おとぎばなしのエンディングのように、自分はいつまでも幸せに暮らしていけるお姫様になるのだと、根拠もないのに信じてしまった。プロポーズに舞い上がっていたときには、夫の隣で寂しさにさいなまれることになるとは、想像できるはずがない。

二時間後に起きる予定の夫を起こさないように、君枝は静かに布団を畳んだ。

お湯の蛇口をひねってぬるま湯になるまで待って、手と顔を洗う。化粧水をつけ、インスタントコーヒーで菓子パンと痛み止めの薬を胃に流し込み、乳液と下地クリームを肌に馴染ませている間に歯を磨いて着替え、肌にしっかりとファンデーションを載せていく。化粧をするのは好きではなかったが、メイクで顔を作っていくことが、君枝自身を強化していくような気がした。まぶたや頬にパウダーを載せて、眉毛を一本ずつ描いて、アイライナーを極細で入れてぼかし、厚化粧に見えないようにナチュラルな仮面を描きあげていく。君枝が目指しているのは、まっとうな自分。いかにも普通の二十六歳の自分に仕上げていくことだ。髪を整え、仕上がりを確認すると、生理中のむくみで輪郭が優しくなっているせいか、平凡な顔立ちではあってもそれなりの美人ではないか、と思えてくる。いいや、美人に見えるのはメイクしたての肌の艶と血色のせいで、バイト先に着く頃には、どこにでもいるような女の顔になるはず。

「さてと」

マスカラが付いてしまった指先を洗おうと下を向いたところで、君枝の顔から、何かがすぽんと落ちた。あたかも、仮面が剝がれて、洗面台に落ちて砕けたような、そんなイメージだ。

ハッと鏡を見ると、完璧にメイクをしたはずの君枝の顔が、スッピンにもどっていた。

「寝惚けてた……ってことだ」

君枝は言葉を口に出しながら、洗面台に散らばった薄い仮面の破片を水で流した。

「メイクをしたつもりでいたけれど、してなかっただけ。メイクだけが剝がれ落ちることなんて、ありえないでしょ？」

君枝は鏡の中の自分をじっと見つめた。

「しっかりして。ぼんやりして、時間を無駄にしちゃったじゃない」

君枝は顔を洗い直して、勢いよく化粧水を肌に叩き込んだ。

世の中に、説明のつかない不思議なんて、ありえない。たいていは、勘違いとか、見間違いとか、白昼夢とか、気のせいとか、そんなことばかりだ。子どもの頃に「不思議体質」だなんて言葉を使っていたのも、子どもにありがちな願望だったのだ。人一倍ドジだったから、言い訳や夢想することが必要だった。「変な子」なのではなくて、特別な人間だと思いたかったのだ。でも、いまは、違う。君枝は、普通の平凡な二十代半ばの女のコの一人なのだ。

「あっ！」

洗面台の流しに、肌色の破片が無惨に散っている。あとはフェイスブラシで完成というところで、また君枝の顔からメイクの仮面がストンと落ちてしまった。いままでこんなことは起きたことがない。ものすごい厚塗りをすれば、笑いじわからひびが入ったり崩れたりすることはあるだろうが、日常的にしているメイクが怪人の仮面のように剝がれ落ちるなんて、ありえない。何かの予兆か、警告なのか？　まさか、そんなはずはない。まだ夢から覚めてないのなら、もっと楽しい夢を見ればいいのに……。

「もうやだー。また最初からやり直してたら、遅刻しちゃう」

かっこわるいけど、寝坊したってことにしよう、と、君枝は顔を作るのを諦めた。

今朝は君枝がお店の鍵を開ける日なのだ。化粧のために遅刻をしたら、みんなに迷惑が掛かってしまう。たかが、化粧。そう、たかが化粧ではないか。顔をなくした訳じゃない。

しかし、君枝が仕事場に着くと、みな、不思議な顔をした。調理や配達のおじさんたちは、

「なんか、初めて会った人のような気がするけど、久世君枝さんだよね？」とか、

「イメチェンしたのかな？」と訊いてくる。

若い女性に対して露骨な嫌みだなあと感じながら、

「すみません、今朝、お化粧する暇がなくて」と君枝が謝ると、

「えっ、冗談でしょ。ふふ、元が良いからだねぇ」と、ニヤニヤ笑っていた。

後で手洗い場で確認すると、鏡には顔がぼんやりとしか映っていなかった。君枝の顔が映っているのにまちがいないのだが、見ようとすればするほど、ピントがずれて、とらえどころがない正体不明の顔になっていた。

正体不明なほうが普通っぽい気もするのに、なにかしら普通らしい見慣れたものが映っていないと、人は困るのだろう、と君枝は思う。普通というものこそ本質が見えにくくなっていて、でもなぜか誰にも良く見えてるような気がするものだ。君枝の顔なんて普段はたいして気にとめてないくせに、こんなときばかり、見て、知っている振りをする。君枝だって、他人のことは言えないが。

「今日は、みんなの目の調子が悪いんだ。きっとこの店の空気が悪いんだ」

君枝はそう思うことにした。

もし、みんなの目が悪いのが今日に限ったことでないのなら、これまで、普通の人の顔になるために、毎朝せっせとメイクをしていたのは、まるっきり無駄な儀式をしていたことになる。

学生時代は、メイクなんて必要ないと思っていたのに。いつの間にか、顔の上に顔を載せていくことが、服を着るくらい自然で必要なことになってしまった。みんなの好む顔になること、みんなにとけ込める顔をすることで、君枝は、大人の……この世の中の仲間入りをしてきたのだと思う。そうやって、バカバカしい勘違いや白昼夢に惑(まど)わされず、普通の人の生活をできるようにしてきたのだ。

長い間、誰も自分を正しく理解してくれない、と思っていた。でも、一番自分を理解しようとしてこなかったのは、君枝自身なのだと思う。だから、今の夫との結婚を決意したときに、幸せな生活を続けていくために、わけのわからないことには絶対に振り回されない、と君枝は決めたのだ。「普通じゃない自分」は、決して認めないことにした。そのときの君枝にとって、平凡や人並みや普通という言葉は、幸せや豊かさと同義のように輝いて見えていたから。

二

午後一時を過ぎ、宅配弁当屋の調理場を定時で解放されると、君枝はいつものように川へ向かう道を自転車で走ることにした。

揚げ物の調理の匂いをかいだあとは、新鮮な空気を吸いたくなる。天気が良ければ、なおさらだ。

日差しは春が近いことを予感させてくれるが、二月の風はまだ冷たい。毛糸の帽子を耳まで隠すように深くかぶって、長いマフラーを口元までしっかり巻いて、ゆっくり自転車を漕いだ。早朝に比べれば、あたりが明るいだけで充分気持ちが良い。殺風景な冬枯れの景色の中に、越冬した雑草の緑がぽつぽつ張り付いてるのが、かわいいと思う。その先にある川は細い支流で、お世辞にも清流とは言えないが、ひっそりとした静寂がある。のんびりと水草を揺らす流れを見ていると、君枝の雑念も一緒に流されていくようで、ほんの少しだけ頭の中がすっきりする。それに、住宅街から外れた遠回りの、そこへ行く田舎道が好きだった。

結婚を機に、夫の実家のあるこの町に越してきたとき、初めて見るはずのその風景には既視感があった。

むかし、小学生だった君枝が、あっちゃんちに住んでいた頃の町の景色に似ているのだ。あっちゃんちは母の親類の家で、母が彼河岸原さんと再婚するまで間借りしていた。三年生の途中で他県に引っ越してから、君枝がその町を訪ねることはなかったが、川へ続く緑の濃い坂道があったり、近所の自転車屋さんのはす向かいに、スダジイという名の古い木があったのは覚えている。

あの家の周りも、いまでは変わってしまっただろうと思う。

そういえば、陸は最近どうしているだろう。

同い年の高上陸は、あっちゃんちの隣に住んでいて、引っ越すまではよく子どもらしいケンカをしていた。高校で偶然再会すると、また友だち関係にもどったけれど、進学先が地元の短大と東京の大学とで離れてしまった。陸が大学三年のときに恋人のサダコと同棲を始めてからは、遠慮があって君枝からは連絡が取りにくくなってしまった。それに、陸への想いに気づいて以来、君枝はぎこちない態度しかとれなくなり、陸からもだんだん連絡がこなくなった。

三年前に君枝が結婚することを知らせてからはぷつりと音信が途絶え、たぶん、そのあと陸から電話をもらったのは、その半年後に一度だけ。同棲中のサダコが妊娠をしたという報告だった。

「オレ、パパになっちゃったってことぉ？」と嬉しそうな声だった。出かける直前の朝の忙しい時間の浮かれた電話だったので、君枝は「生まれるまでは、パパじゃないよ」と意地悪なことを言い返した気がする。

陸は、子どもが大好きなのだ。高校生の頃、君枝に小さな弟がいることを、陸はうらやましがっていた。

陸は学生の身分のうちから同棲をしていて、大学卒業後には、誰でも知ってる企業に就職をした。そして、子どもまで生まれるとは、まるで人生のいいとこどりだ。

子どもが生まれるまでには入籍するのだろうと思っていたら、その後届いた赤ちゃん誕生を知らせるフォトカードには、高上と佐多の二つの苗字が並んでいた。子どもの名前は、佐多ルイと書かれていて、お姫様のようなピンク色の産着を着ていた。

結婚をすることが、ちゃんとすることだ、という発想は、古くさいのかもしれない。サダコの家は裕福だと聞いていたから、入籍をすることで陸を経済的に縛る必要はないのだろう。それとも、彼女には結婚をしたくない理由があるのだろうか。

君枝はあれこれ無責任な想像を巡らしてみたが、赤ん坊という一人の人間がこの世に出現している事実は、二人の間に揺るぎようのない絆が生きている、ということだ。この赤ん坊から両親を奪うことは、絶対にあってはならない。万が一、陸が将来ろくでもない父親になってしまったとしても、子どもにとっては唯一の父親だ。君枝には、陸との絆もくびきもなかったが、陸の子どもには誰よりも幸せになって欲しいと思う。すべての子どもは、幸せになるべきだと思う。

そして、君枝は、この世のどこかにいるはずの顔のわからない自分の父親のことを久しぶりに考えて、数日間、無口になったものだった。

父親のことは、考えないようにしていた。子どもの頃は、母の説明を鵜呑みにして、あまり真剣に考えたことはなかったが、不思議なことに、大人になるにつれて、安否が気になるようになってきた。母の再婚相手の彼河岸原さんは、父親役として良く接してくれているけれど、父親役と父親では、存在理由が違うのだ。母の口を借りれば「ろくでもない男」である君枝の父親は、朝霧の向こうで手を振っているように見える何かの影にしか見えてこない。

あの影は、人なのか、機械なのか、たまたま手を振るように風に揺れている木の枝なのか。逢って正体をつかみたいとまでは思わないけれど、いるんだってことくらいは、確かめてみたいと思う。

年上の男性と知り合うたびに、無意識に霧の中の影に当てはめようとしてしまう。君枝が十二歳も年上の人と抵抗なく結婚したのも、そんな影響なのかもしれない。

君枝の思考をさえぎるように、ダウンジャケットのポケットが震えた。

君枝は自転車を止め、携帯電話のメールを開いた。

《確認です。あすは、食事会の日です。昼より夜の席にして欲しいそうです》

勤務中の夫からだった。児童館の非常勤職員は、子どもがまだ学校にいるこの時間はひまなのだ。

結婚するときに決めたルールで、隔週土曜ごとに夫の両親と食事を共にしなくてはならない。結婚当時は、泊まりはともかく、会食だけでいいならお安いご用、と簡単に考えていたが、近頃は重荷でしかない。

君枝はメールを返信した。

《たまには了さんだけで行ってもらえませんか。あすは、生理痛がつらいので》

昼前には生理痛はすっかり治まっていたが、言い訳にした。どうせ妻の月経周期なんて、わかっていない。

夫と夫の両親は、無類のエビ好きで、生きたエビを殺して食べる。

暗いうちから車を飛ばして、漁港の朝市でたんまりと買った新鮮なエビを、まだ蠢いているのに、夫や夫の両親は、サヤエンドウの筋取りでもするように、ブチッと胴体をひねりちぎって、無惨に殻を剝ぐのだ。たらんと垂れ下がった剝き身に醬油だれをつけると、ためらいもなく口の中へ。

これまでに君枝が食べてきたエビだって、誰かが殺したエビなのだ。結果的に同じことをしているのはわかっているのだが、生きながら殻を剝いたり火にかけるのは残酷に思えて、我慢ならなかった。

君枝の母親は料理が得意ではなく、家で生きたエビや魚をさばくところを見ずに育った。使うとしたら冷凍エビくらいで、君枝の実家でエビといえば、スーパーのお総菜売り場で買ってきた分厚い衣の付いたエビ天かエビフライのことだった。

だから、夫の家族のエビの食べ方を目の当たりにしたとき、まるで、自分の殻を剝がされたような、恐怖と衝撃を、ど真ん中で受けとめてしまった。

「遠慮しないでお食べなさいな。ほら、こうやるのよ」

優しい義母は、君枝の取り皿に瀕死のエビを載せたあと、お手本を見せてくれる。

むごい、と言っては、失礼になる。

「生モノは苦手で……」

そう言うのが精一杯で、お酒ばかりを飲んでしまい、皿の上に次々と積まれていくエビの頭部に気分が悪くなり、吐いてしまった。

あとで夫から、「つわりかと訊かれた」と文句を言われた。夫の頭をかち割ったら、生きたエビがざくざく出てくるのではないだろうか。あるいは、浮かばれない下等霊があの一家には憑依しているはず。

君枝に、エイリアンの食卓に裸で呼ばれた地球人のような恐怖体験をさせておいて、夫は君枝の身など心配しなかった。まあ、自分たちの好物を見て新妻が吐いたとは、思い至らないのは当然だろう。

最初にはっきり、エビが――エビ以外でも、自分で生き物を殺して食べるものは嫌だと言えなかったことで、夫の実家ではその後も高い確率で似たような食用生物に遭遇する。君枝が生モノは苦手とぼそぼそ言っても、あちらの親にしてみれば、夫に食べさせるために用意した食事であり、子どもを産まない嫁の好みなんて、どうだっていいことなのだ。

……なんて、悪い方に考えてしまうのは、意地悪だろうか。

食べものの好みでいえば、君枝が生玉子に白砂糖をたっぷり混ぜたものをご飯にかけて食べていると、夫は気持ち悪そうに見ていたっけ。どんな食の習慣で育ってきたのかで、お互いに譲れないものはあるのだろう。

日向で自転車に跨ったまま川の流れを眺めていると、君枝のメールに夫の返信が来た。

《つらくても、約束ですので、来て下さい》

口約束だったはずなのに、もう三年、隔週ペースの会食を続けている。永久に続けるつもりなのだろうか。

夫への愛情があれば、そして、夫からの愛情を感じられていれば、憂鬱にはならないのだろう。このもやもやは、食事内容や夫の親が原因なのではなく、夫婦の問題なのだ。

ポケットに携帯電話をしまいかけたところで、もう一通届いた。

《落とし物が見つかったそうなので、あすの午前中に取りに行きます》

《見つかって、よかったです》

君枝は無難な返信を打った。

今回は何を落としていたのか、おとといあたりに話を聞いたはずだが、君枝は覚えてなかった。夫は信じられないくらい、しょっちゅう落とし物をする人なのだ。

考えてみれば、夫とのなれそめも、落とし物がきっかけだ。

あたしのことも、どこかに忘れてきちゃうんじゃないの、なんて、結婚したばかりのころには冗談を言ったものだが、いまでは忘れてきて欲しいと思う。

「あーあ、帰ろ」

君枝は自転車を進めようと、ペダルに足をかけて、転倒しそうになった。無抵抗に空回りをしたのだ。

なんで？

チェーンが外れたのかと確かめたが、見た目には異常が感じられない。

もう一度、ペダルに足をかけたが、カラカラと回るだけだった。これでは進めない。わけがわからず、ペダルの位置をもどそうと逆回りに足の力を入れると、親しみのある重みを感じた。

まさか。

君枝は自転車に跨り直して、がっちりハンドルをつかむと、逆回りにペダルを踏んでみた。

自転車は、よろよろと前に進んだ。しかし、ハンドルも進路と真逆に動き、物理的に誤った動きをするので混乱し、まっ直ぐ進めない。

「だ、だめだ、無理」

君枝は現実に抵抗するのをやめ、言葉に出して言う。

「自転車が、壊れちゃったんだから。そう、壊れただけだから。お腹が痛いときみたいに、時間がたてば、直るかもしれない。降りて押していこう」

川沿いに自転車を押し進めはじめたところで、電話がなった。一瞬、夫かと思って嫌な気持ちになったけれど、着メロが違う。

相手は、時々店番を頼まれている、リサイクルショップの女主人だった。

「急で悪いんだけどサー？」

急で悪いはずがないと思っている押しの強い大きな声だ。ゆめぐり屋の青葉(あおば)さんは、いつも一方的で早口だ。でも、チャーミングで甘えじょうずで占い師のように話術に長(た)けていて、憎めない人だった。

「じゃ、あしたの店番、よろしくー」

通話が終了したときには、そういう話になっていた。

あすは食事会の日だが、夫も朝から出かけるようだし、夜までは時間がある。宅配弁当屋の出勤日でもないし、仕事を入れても、問題はないだろう。

「よし、帰るか」

青葉さんの声を聞いたら、元気が出てきた。便利に使われてしまってる気がするけれど、人から頼られるのは、ちょっと嬉しい。自分にも、青葉さんのような快活な器用さがあればよかったのになあと、羨(うらや)ましく思う。

君枝は自転車に跨ると、威勢良くペダルを漕いだ。ペダルは空回りせずに、素直に動いた。

「あ、直ってる。ラッキー」

三

夫の久世了と出逢ったのは、短大生の頃、学校のあるU市で独り暮らしをしていたときだった。

卒業に失敗し、落ち込むことが続いた年の春先に、君枝はひどい風邪をひいて、アパート近くの古びた診療所に行った。あのときの風邪は、これまでひいた風邪なんてそよ風程度に思えるような風邪だった。評判のいい病院まで一人で行く体力がないから、歩ける距離の近所の医者で間に合わせるしかなく、朦朧とした意識で入ったその名も丹明医院というはやりそうにない名の診療所の待合室は、予想通りにすいていて、診察料の支払いを済ませた男性が帰ってしまうと、長いすの上に黒いカード入れだけがポツンと残っていた。中を見ると、運転免許証が入っていたので、君枝は受付の人に預けてから、診察を受けた。

その診療所の医師は患者と目を合わせないどころかろくに話も聞かず、苦境を訴えても注射や点滴をしてくれなかった。しかし、飲み薬はたんまり出してくれた。あっさりと診察が済み、一番近くの薬局に処方箋を持ってよろよろ歩いて行くと、先ほどの免許証の写真の人が薬の受け取りを待っていた。

君枝は、だるさの中で、免許証を診療所の受付に預けたことを話すべきか迷って、その人のことをジロジロ見てしまった。だから何度も目が合って、その人は、ついに困ったように、君枝に頬笑んだのだ。風邪で潤んだ目で、熱に浮かされて紅潮した頬で何か言いたそうにしていた女の子の姿にドキドキしてしまい、とても印象に残っていたと、後に久世と親しくなったとき、君枝は笑い話として聞いた。

そのとき、気を利かせた医者が、薬局に電話をかけてきたらしく、本人に落とし物の話が伝わった。

薬剤師に名前を呼ばれた久世は、アッとポケットを探ると、「ぼくはしょっちゅう落とし物をするんです。落とし物に効く特効薬はないですかねえ」と苦笑し、薬とおつりをもらい忘れて店を出て行こうとして、呼び止められて、自分の失敗がゆかいでたまらないという顔で笑いだし、急に笑ったせいで咳き込みながら恥ずかしそうに出ていった。

そそっかしい人に、君枝は同情する。あの人もきっと、いろんな人から「もっと注意しなさい」と言われてきたのだろう。注意しているつもりでもダメだったから失敗するのに、みんなは結果だけを見て、それみたことかと指摘するのだ。お気の毒に。でも、失敗を笑えるなんて、感じのいい人だと思う。

久世の存在を認識したのは、それが最初だったと思う。

その三か月後、君枝が二度目の就職活動に奮闘しているとき、駅のベンチでプラスチックの書類かばんを拾った。取っ手に付けられていた小さな名前タグには連絡先はなく、久世了とだけ記されていた。その名前に覚えがあったが、中を開けて確認するのは失礼だろうし、あのときの本人か同姓同名の別人か知ったところで、連絡が取れるわけではないので、君枝は電車待ちの間に、駅員に忘れ物があることを知らせて、そのときは終わった。

その数か月後、ショッピングモールで冬物の買い物をしているときに、鍵を拾って受付カウンターに預けたことがある。そのあと、アナウンスが流れているのに気づいた。

「先ほど喫茶コーナー付近にて、鍵のお忘れ物がございましたので、受付カウンターまでお越しください。キーホルダーにはＫＵＺＥと書かれています」

キーホルダーに名前があったことに、君枝は気づかなかったが、続けざまに別のアナウンスが流れてきた。

「先ほど紳士服売り場でお買い上げいただきました久世了様、メンバーズカードとお品物をお預かりしておりますので、お戻りくださいませ」

そそっかしい人は、どこにでもいるものだろうか。

翌年、短大卒業後、君枝は運よく地元企業に勤めることができた。しかし、二か月しか幸運は続かなかった。君枝は働き続けたかったのだが、勤務態度を理由に、解雇されてしまったのだ。ショックで、公園でぼんやりしているとき、水飲み場の横でビジネス手帳を拾った。開いてみると、手帳の文字はどこも丁寧に書かれていて、持ち主は真面目（まじめ）な人なのだろうと思った。一番後ろのページに、久世了と名前が書いてあった。勤務先欄には、その公園から看板が見える進学塾チェーンの名前が入っていた。以前、薬局で見かけた落とし物の多い久世了という人にイメージがダブったので、放っておけなくなり、君枝はその塾のあるビルの受付に、手帳を届けてやった。泥棒を見るみたいな警備員に、名前を残せといわれたので、そのときはヒカシハラとだけ書いて帰った。

その後、君枝は再就職先がみつからず、バイトも長続きせず、アパートの家賃を払えなくなって、中学、高校時代をすごしたT市の親の家に帰ることになったのだった。

実家に帰ったものの、そこでも仕事がみつからない。十歳と四歳の小憎らしい弟たちにまとわりつかれ、母の夫を「お父さん」と呼んだところで、気をつかわずにはいられないし、わがままな母には家事を任されてうんざりだし、ずっと家にいても気がめいる。

小さい頃から、実の母とうまがあわなかった。誤解や幼い反発なら、時間が経てば解けることがある。でも母娘だからといって、気が合うとは限らない。子どものほうから柔軟にすり寄ろうとしても、硬直した親の人生は何も感じ取ることができないのだ。それに、母は、子どもを育てるだけが自分の人生だとは思っていない人だから。

高校時代の友人は大学四年生の忙しい時だし、大学に行かなかった子は昼間は働いているし、君枝の歳で暇な人はいない。実家にいれば食うには困らないけれど、居心地が良いわけではない。君枝の部屋は、弟の平次朗（へいじろう）の学習机が置かれた分だけ、狭まっていた。

近所の人に道で会うたび「あら、きょうはお休み？」と訊かれるのが恥ずかしい。どうやら母は、君枝はU市で保育士をしている、とウソを言っていたらしい。かといって、家に引きこもっていては、体がなまる。

君枝は気晴らしに、おにぎりと水筒と図書館で借りた本を持って、大舟山まで歩いて出かけたりした。山の上には神社があり、桜やあじさいの名所でもあり、近郊の小学生は、必ず一度は日帰り遠足で訪れる場所でもある。君枝の家からは、往復で五時間程度のハイキングだ。高校が大舟山の麓にあったので、道のりが懐かしかったこともある。途中には、長くてかなりキツイ上り坂があった。高校生の頃は、文句も言わずによく自転車で通ったものだなあと、過去の自分に感心する。

そんなあるとき、大舟山の展望台の手すりの上に、今どき珍しい保温タイプのお弁当箱を見つけた。保温性の高い筒状の容器に、ご飯やおかずや汁物が収納できるタイプのもので、大きさや色は、大人の男性用だ。

お弁当箱にはしっかり名札が付いていて、そこには久世と書かれていた。久世……よく落とし物をするといっても、今度は地域が違うし、そんなバカなと思ったが、何度も同姓同名の人物の落とし物を拾うことだって、まずありえない。

お弁当箱の中を見ると、中身はほとんど食べ終えてあったが、そのまま放置していたら腐って悪臭を放つのは間違いなかった。しかし、保温タイプのお弁当箱は、百円ショップの容器とは格が違い、高価なものである。お弁当を持たせる側にも、食べる側にも、この容器にこだわりがあるに違いない。持ち主は、きっと探しに来るだろう。

君枝は、トイレの水道でお弁当箱の中を簡単にすすいでおいた。持ち主の手にもどったとき、中がカビだらけの状態だったら気の毒だと思っての親切心だ。その発想は、会社勤めをしていたとき、昼休みの終わりに「洗っとかないと、臭うんだよね。奥さんに怒られるし」と鬼課長がお弁当箱を洗っていたのを思いだしたせいでもある。

君枝は、置き忘れていた展望台から一番近い土産物店に、そのお弁当箱を預けることにした。君枝は、これまでの久世了が、同一人物か確かめてみたい好奇心があったので、今回は、土産物店のご主人に、はっきりと彼河岸原君枝と名前を残した。

もしも久世という人と何らかの縁があるのなら、きっとまたどこかで出逢うだろう。

そして、本人と対面することとなったのは、その一か月後、君枝がバイトをはじめた隣町のコンビニだった。どことなく見覚えのある男性がお客としてやってきて、週刊誌と缶コーヒーとカップ麺を買ったのだが、その人は黙ったまま、レジの君枝の顔と胸の名札を、まじまじと見ているのだった。

君枝のほうも、どこの誰だっけ？　という印象しかなかったし、お客に嫌な顔をするわけにいかないので、気づかぬふりをした。しかし、十分後には判明した。カップ麺用にセルフサービスで提供しているお湯のポット置き場に、携帯電話を忘れていったのだ。

君枝が忘れ物に気づくと同時に携帯電話が鳴り出して、焦(あせ)ったが、プライバシーの問題があるので出なかった。すると、すぐにお店の電話が鳴った。お店の電話番号はレシートに書いてある。

「あのう、先ほど携帯電話を落としたらしくて、そちらのお店にありませんか。はい、黒っぽくてストラップはなしの……ありましたか。よかった。すぐにとりに行きます。名前は、久世了と申します」

出逢うべき人に、出逢ったのだ。

久世はコンビニに現れて落とし物を受けとると、君枝の顔と名札を再び確認し、言った。

「もしかして、彼河岸原さんは、大舟山で弁当箱を拾ってくださった彼河岸原君枝さんですか？」

「はい。そうです」

「あのときは、中を洗ってくださって、ありがとうございます。なんて気配りのできる方だろうと感激しました。お礼が言いたかったのですがお名前しかわからなくて、電話帳で探してみようとしたのですが、どこにお住まいの方かもわからないので、探しようがなくて。お逢いしてお礼が言えてよかったです。あの、もしかして、U市で塾の講師をしていた頃、ぼくの手帳を拾って届けてくださったヒカシハラさんも、あなたですか？」

「はい。そうです。やっぱり同じ人だったんですね」

久世の驚く顔がおかしくて、君枝は笑わずにいられなかった。

「じゃ、じゃあ、変なことを訊きますが、去年の春頃、薬局でぼくが何かの忘れ物をしたとき、ぼくのことをじーっと見ていた女の子は、とてもあなたに似ているような気がしますが」

「はい。それもやっぱり同じ人だったんですね。丹明医院の待合室で運転免許証を拾って、受付に預けたんです。それを話すかどうか迷ってて、見てしまっていたんですよ。ほかに、落とし物をしたことはありませんか？」

「いやあ、覚えていられないくらい」

「駅で書類かばんを拾いました。それからショッピングモールで鍵を拾いました。どちらにも久世という名前が書いてありました。まさか、とは思っていたんですけど」

「まさか……そんな、まさか」

ここで、運命を感じない人がいたら、心が枯れている人だ。

スゴイ偶然だ、と久世は興奮していた。

「ぼくの落とし物の癖も相当なものだけど、それを拾っている君枝さんは、スゴイ。いいや、そんな偶然など、あるはずない……」

話を聞けば、久世は忘れ物が仇（あだ）となって、何度か職を替え、だいたい同じ時期に君枝と同じ生活圏内で行動していたのだった。

お互いが巡りあえた、と思ってしまったとしても、仕方がないだろうと思う。そして、似たようなドジをした話は山ほどあるし、どちらにも恋人はいなかった。意気投合して、週末に食事の約束をしたのは、自然な流れだった。

その日の夕方、君枝は久しぶりに、高上陸に電話をかけた。陸は、大学四年で卒論と就活で忙しい最中だったが、君枝からの電話に気持ちよく応じてくれた。でも、久世との運命の出逢いについては、「それは君枝の不思議体質のせいだ」の一点張りで、ロマンチックなものではないと主張するのだった。だから、「サダコと住んでるくせに、あたしの出逢いにヤキモチ焼かないでよ」

「焼いてねーよ」とケンカになって、

「その気の毒な男には、ちゃんと不思議体質のこと説明しておけよ」

「何で気の毒なのよ。だったら、あたしは不思議体質なんかやめてやる！」

「やめるったって、そういう体質なんだからなあ」

「あたしが不思議体質だなんて、だれが決めたの。きっと全部、陸の気のせいだよ。あたしはフツーなんだから！」と電話をぶち切ったのだった。

落とし物癖のある久世と同じように、君枝もよく失敗をする、似たもの同士なのだ。

世間の荒波の中で漂泊し、溺(おぼ)れかけている君枝の目の前に、久世の存在は、突如として現れた島のように見えていた。その島がどんな大きさで、どんな環境にあるかなんて、品定めをしている余地はなかった。君枝は二十二歳で、若い、というより、まだ子どもで余裕がなかった。久世に寄り添うことで波風をよけて息がつけるとしたら、それだけで幸せだと思った。

一年の交際期間を経て、結婚をした。プロポーズは一応あったが、それは久世のアパートを訪れたとき、狭い玄関で君枝が婚約指輪の品質保証書を拾ったときだった。久世は、ずいぶん前から君枝に内緒で指輪を買っていたのだが、指輪を渡すタイミングを待ち続け、勇気が出せずにずっと渡せず持ち歩いていたのだった。指輪を落とさなかったほうが奇跡のようだと久世は大いにテレながら、君枝の指に、不器用にはめてくれたのだった。

自分と結婚したい、と言ってくれる男性が現れたことで、君枝は舞い上がってしまった。君枝にとっても、親の家を出る最良の口実ができたのは、嬉しいことだった。

久世には借金はなく、親思いの真面目な人で、贅沢や派手な遊びには無関心だった。落とし物が多い、という欠点は直らなかったが、二人が知り合うきっかけでもあったので、君枝はまったく気にならなかった。そのとき久世は契約社員で、安定した収入があるとは言えなかったが、働く意欲はある人なので、二人で力をあわせれば、暮らしていけないことはなかった。

無駄は省いて、式や披露宴はせず、それぞれの両親に挨拶を済ませると、新しい部屋を借りて引っ越し、婚姻届に判を捺して窓口に届け出ることで、夫婦になった。それから二人でホットケーキを焼いて、チョコやクリームやフルーツをたくさんトッピングして、ウエディングケーキの代わりにし、二人で入刀して、お祝いとした。

「婚活」を意識し、用意周到な人生設計をしていた君枝の同級の女の子たちは、入籍の知らせを聞いてみな驚いていたが、君枝は幸せだった。これで自分はみんなと同じように地に足をつけて、普通の人のように幸せに暮らしていけるのだと、晴れ晴れとした気持ちだったから。

四

食事会の日の朝、二人そろってのゆっくりめの朝食のときに、ゆめぐり屋の店番を頼まれていることを話すと、夫は不機嫌になった。

「食事会の日は、いつも一緒にいたじゃないか」

言われてみれば、夫の親の家に行く途中、いつも遠回りしてペットショップを覗いたり、DIYショップに立ち寄ったり、商店街をぶらぶらしていた。君枝は時間つぶしとしか感じてなかったが、夫はその散策が楽しみだったらしい。

「でも、落とし物を取りに出かけるって言ってたから」

「すぐ帰るつもりだよ。夕方に現地で待ち合わせるのでは嫌だ。断りなさいよ」

「断るったって、もうきょうのことだし」

「変だな。きょうは生理痛がひどいと、きのうはメールしてきたじゃないか」

「店番は椅子に座っているだけだから」

「食事会だって、椅子に座っているだけだよね。夫婦の休みの日に、たった四、五千円の稼ぎのために、生理痛のきみが店番に行くことはないでしょう……」

夫は自分で淹れたお茶をすすりながら、ふと思いついたように遠くを見て付け足した。

「仕事が終わらないせいにして、来ないつもり？」

君枝は、夫の言葉にショックを受けた。気乗りしてないのは事実だが、そんなふうに疑われるとは思ってなかった。

「いつも嫌そうだったもんね。でも、いつものことじゃないか」

「…………」

君枝は上を見た。天井があるだけだが、空から雪が降っているような気がしたのだ。そう、「気がした」のだ。君枝は、いつものように、気のせいだと思おうとした。でも、白い小さな結晶は、ちらちらと君枝の周りに落ちている。

君枝は、天井のその先の、現実には降るはずのない雪の空を見ながら言った。

「あたし、落とし物、拾わなくなったよねぇ」

夫は冗談に答えるように笑った。

「ああ、前みたいに、きみが拾ってくれたら、警察署まで取りに行かずに済むんだけどな。あのころの超能力みたいなの、もう働かないの？」

「落とさなければいいのに」

「そりゃ無理だな」

君枝が最後に拾った久世の落とし物は婚約指輪の保証書だ。結婚を意識したとき、君枝は強く決意したのだ。もう二度と、わけのわからない現象には巻き込まれない、と。普通の人のように暮らして、幸せになるんだ、と。

君枝は天井から落ちる雪を手のひらで受け止めてみた。

それは冷たくて、ズキッとするほど悲しかった。

寂しい。寂しい。寂しさが、雪のように降りつもる……。

なぜ自分のところにだけ雪が降っているのか、君枝にはわからなかった。

なにも感じないように、気づかないように、自分を偽っているのは、限界なのかもしれない。いや、そんなはずはない。気のせいだ。いままでうまくやってきた。だから、この先もできないはずがない。この、寂しささえ、克服できれば。

君枝は、それ以上雪が降るのを止めようと、両手を上げて天井の空気をかき混ぜた。

テレビから目をあげて、夫が言う。

「なに？　この季節に、虫でもいたか？」

「運動」

見えるはずのないものは、見ない。

本当の自分なんて、いやしないのだ。今の自分が、本当の自分なのだ。昔の自分は、間違っていた。前世が将軍だったとか王妃だったとかという占いを信じている中学生みたいに、もっと違う自分、すごい自分がいるのではないかと、思い描きたかったのだ。

「青葉さんと約束しちゃったから、行くよ。お食事会にも、ちゃんと行くから。あとでメールする」

夫は不機嫌極まりないうなり声で「おうっ」と返事をした。

君枝はテーブルを片付けて、まだ店番の時間には早すぎたが、出かける用意をする。雪の下には留まっていたくない。

「もう行くのか？　化粧もしないでか？」

夫に引き止められて、君枝はちょっぴりにやけそうになった。夫は、無関心のようで、ちゃんと君枝の顔を見ていたのだ。

「メイクが決まらないから、お化粧はお休み。きのうから化粧負けしてるの。あたしの顔なんて、だれも興味ないから、平気」

「食事会には、口紅くらいつけてこいよ」

夫は親への体面を気にしていたのだった。

「はいはい。行ってきます。あなたも、落とし物を取りに行くのを忘れないように」

君枝は自転車を漕ぎ出した。店番を頼まれた時間より、二時間も早く家を出てしまった。朝食を食べたばかりだし、喫茶店やハンバーガー屋で時間をつぶす気分ではない。君枝は大通りの分かれ道まで来ると、ゆめぐり屋のある街の中ではなく、田舎道の方に進路をとった。

途中で、ポケットに携帯電話を入れてきていることを確かめた。少し前に、震えていたかもしれないという気がして、自転車を止めて見ると、着信の記録が残っていた。だけど、心当たりのない番号で、君枝はしばし悩んだ。

知らない番号に電話をかけなおしたことはない。悪質なワンギリかもしれないし、もしも用事があるなら、またかけてくるか、メッセージを録音してくれるだろう。

再び自転車を進めたとき、君枝は、景色がいつもと違うように感じた。

君枝は時々道に迷う。だから、迷ったと思ったときは動き回らずにあきらめる。そして、まずは、自分がどこにいるかを把握するのが大事だ。

携帯電話は便利なツールだった。しかしGPSで現在地を見ようとすると、急に圏外になってしまった。

あたりには、杉の木立が並び、のどかな森の中の小道のようだった。この町に森などないはずだけれど、君枝が道に迷うときは、たいていとんでもない迷い方をする。それは、やっぱり「不思議体質」と言い表すのがぴったりかもしれない。子どもの妄想とはいえ、「不思議体質」とはよく言ったものだ。いや、言い出したのは陸だったと思う。不思議を引き寄せやすい体質なんだろうって。

子どもの頃はよく夢を見た。白昼夢ってやつだ。幻聴や幻視もしょっちゅうあった。子どもだったからだ。でも、今は大人だ。だから……だけど……。

（にごりたくない）

何者かの囁き（ささや）きが、木立の奥から聞こえてきた。

君枝はスタンドを立てて自転車を停めた。人の声ではない。放っておけない不思議な声で、まるで君枝の心の中に語りかけているようだった。

（よごれたくない）

バイオリンで小鳥の鳴き声をまねたような、その細くて美しい響きを、君枝は子どもの頃に、聴いたことがある。

――ウワスミドリがいるんだ。

君枝は落ち葉を踏みしめて木立の奥に進み、池を探した。

程なく、青空をくっきり映した小さな池が見つかった。池の中央が、かすかに盛り上がり始めている。水面の澄んだところから、ウワスミドリが飛び立とうとしているのだ。

（にごりたくない）

透明な水の卵が、水面からもこっと生み出されるように、しかし卵の形がすべてあらわになる直前に、嘴（くちばし）のある頭がぴくっと動き、用心深くあたりを窺（うかが）う。と、翼を大きく広げ、水の小鳥は音を立てずに羽ばたき始める。そして、蝶の身軽さで、水面にいっさい波紋を残さず飛び立つのだ。

池の上をぐるりと優雅に飛ぶ水の翼は、空の光を反射して、あちらこちらに小さな虹の矢を投げかけている。

立ち去ろうと思うが、目はまた水面に吸い寄せられてしまう。別の水の卵が、美しく盛り上がり始めている。水の鳥は、池から次々と生まれ出で、光を拡散しながら飛び立っていく。

（よごれたくない）

「あたしは今、夢を見ている」と、君枝はつぶやいた。「あのときと同じ夢を見ているんだ」

（夢ではありません！）

「うっ、叱られた……」

（われわれは、超越的で純粋で稀有（けう）で高貴で高次で特別に澄み切った清浄なる存在）

（夢すら超えて、すべてを知り尽くしているのです）

（われわれウワスミドリは濁（にご）った水が嫌いです）

（だから、雨に打たれる前に、避難するのです）

「避難って、嵐でも来るの？　前にも、そんなこと言ってたよね。天気予報は、何も言ってなかったけれど」

（嵐が来ます。卑しい雨が、尊いうわずみを濁らせるのです）

（われわれは決して濁ることはありません。常に澄み切った存在であるのです）

（にごりたくない。よごれたくない）

君枝は、ウワスミドリたちの気持ちが、幼い頃に見たときよりも、わかる気がした。

いつだって、純粋でありたい。でも、純粋なままでは、うまくいかないことがありすぎるのだ。

ウワスミドリみたいに、空へ立ち去ることができたら、高慢な純粋さを貫けるのかもしれない。でも、君枝には飛んでいく翼がない。

「だから、あたしは今、夢を見ている」と、君枝は再びつぶやいた。

（にごりたくない。よごれたくない）

大きな群れとなったウワスミドリの透明な体は空の中で雨雲のように変色し、ビチビチとさえずりながら、空のかなたに飛んでいった。

「行っちゃった。ってことは、嵐が来るんだ」

夢を見た。でも、夢のお告げという言葉もある。

君枝は、わざと大きなあくびをし、それから静けさを取りもどした池を後にした。自転車を停めた小道にもどり、スタンドをあげると、あたりは見慣れた景色になっていた。

「ほら、寝惚けてたんだ……」

君枝は、時間の経過を確認するため、携帯電話を出して見た。今からゆっくりゆめぐり屋に向かうと、ちょうどいいくらいの時間になっていた。

それに、いつの間にか、また着信が入っていた。家を出るときにかかってきたのとは違う、今回も心当たりのない番号だ。

君枝はふと思いついて、夫に電話をかけた。

「いま遺失物センターに向かっているところだよ」

夫は、落とし物を取りにいくのを忘れていないか、君枝が心配してかけてきたのだと思ったようだった。

「ねえ、今夜は嵐が来るから、食事会は延期にしたほうがいいよ」

君枝が言うと、夫はわざとらしいため息をついて、不機嫌な声になった。

「二月とは思えないこの抜けるような青空だ、嵐なんて来ないよ。もし大雨になるようなら、タクシーで迎えに行くから、心配しないでいい。みんな楽しみにしているんだから」

食事会を嫌がっていると思われた。嫌なのは本当だけど、嵐が来るのも本当なのに。

「夢のお告げなの。信じてもらえなくてもしかたがないかぁ」

「なんだ、夢を見たのか。それならそうと言ってくれればいいのに。悪い夢なんて、気にすることないよ」

「わかった。気にしない」

君枝は自転車を進めながら、気にしない気にしないとつぶやいて、街の中に向かった。

ゆめぐり屋の表通りの入り口は、一見、古着屋風だが、くの字に曲がった通路を奥へ進んでいくと、広いフロアにつながって、裏道に面している。表通り側のスペースと狭い通路には、古着やファッショングッズの他に、単身者用の生活用品、懐かし系のおもちゃやオブジェが並べられ、広いフロアにはアンティーク調の家具やヴィンテージのファブリック、60年代風のスタイリッシュな家電製品が所狭しと並んでいる。表通りと裏道の入り口が、同じ店だと気づかないお客さんもいる。

君枝が店に着いたとき、女主人の青葉さんは、表通りの入り口に置くトルソーに着せるコーディネートに頭を悩ませていたところだった。

「このトルソー、もらったのはいいんだけど、着る物を選ぶのよねぇ」

「選ぶって、口もないのに文句でも言うんですか？」

「文句は言わないけど……日本の標準サイズより肩幅が広いみたい。そういう服、仕入れてこようかしら」

「トルソーには愛情をかけるもんじゃないです。トルソーは欠けていることで自己完結してるんです。だから、なんにも返してくれないんですから」

青葉さんは、あら、と顔を上げた。

「ちょっと哲学的じゃない？」

青葉さんは、ヴィクトリア朝の画家の描く女性のように華やかな人だ。なのに、とがった少年のようにさばけたところがあり、女子高生のようにユニークで騒がしく、探偵ドラマのおばちゃんのように行動的で、ジャズバーのマスターのように小難しい話が好きである。

お店の隅の古めかしい書棚には、難しそうな洋書が並んでいる。洋書といっても一般的なペーパーバックではなく、きちんと装丁してある古書だ。ディスプレイ用にそろえたものかと思っていたけど、彼女はたまに、店番をしながら読んでいた。

ふらっと立ち寄ったお年寄りのお客さんに「ここは何屋さんなんですか」と訊かれると、「アンティークショップに憧れてたけれど、あれもこれもと考えているうちに、骨董屋になりきれなくてリサイクルショップになっちゃったのよねえ」と、青葉さんはあっけらかんと笑って答えていた。

お店の中にあるものは、系統がめちゃくちゃだけど、青葉さんがディスプレイすると、なぜかサマになってしまうのだから、空間をデザインするセンスもいいのだ。

君枝のように、普通に生きるだけで精一杯な女性がいれば、青葉さんのように才能あふれる女性もいる。神様は不公平……というよりも、もしも神様が世界を作ったのだとしたら、バランスが悪すぎでないかなあ。

　君枝は、スタッフのタグのついたストラップを首にかけ、奥の家具売り場寄りの丸い椅子に座った。そこなら、古着売り場にお客が入る気配がわかる。

「急に店番、頼んでごめんねえ。いくつか荷物が届くはずだから、君ちゃんに受け取っておいてもらいたいのよ。急な買い付けができちゃって、先方が今日じゃないと時間が取れないって言うからさぁ」

　青葉さんは、トルソーをディスプレイに使うのをやめ、ガラクタコーナーに移動させて、値札をつけた。

「いいですよ、このお店、うちにいるより居心地がいいですし」

　青葉さんは、お気に入りの椅子に女優のように腰掛けた。貴族の館にありそうなゴージャスな肘掛つきの椅子だ。そこは青葉さんが一人で店番するときの定位置だった。でも、しっかり値札がついている。

「その椅子、売れちゃったら、どうするんですか？」

「売れたら、あたし好みのもっと素晴らしい椅子を仕入れてくるだけよ」

　自信満々で素晴らしい。

「君ちゃんはその丸椅子が好きよねえ」

「好きというか、ここに座ると、入り口の様子とあの古いテレビがよく見えるから」

君枝は、60年代風の大型冷蔵庫の上の、小さなブラウン管テレビを指した。

「ほーんと君ちゃんたら面白いんだから。テレビ観るったって、あれ、電源入ってないじゃない。アンテナもないし」

「え……」

君枝は、目をぱちくりさせて、薄笑いを浮かべた。

どうやら、青葉さんには、昔のホームドラマのモノクロームの映像が見えていないらしい。

君枝は不安になった。

「青葉さんて、存在してますよね？」

「存在理由を問うのじゃなくて、あたしの存在証明のほう？　もう出かけるつもりなんだけど、今ここですべて明かせるかな。目的論的証明と本体論的証明と宇宙論的証明と道徳論的証明のどこから始めたらいい？」

「ああ……、いいです。信じます。現に、こうしてしゃべってるし」

「見えざる理性より、目の前の奇跡は偉大よね。近代人が現代を見たら、中世人の思考に退行してると嘆くでしょうね。じゃ、行ってくるわ」

「あ、傘を持って行ったほうがいいです。夕方、嵐が来ます」

「そんな予報でてたっけ？　あたしは車だし、平気よ。でも、嵐が来るなら、君ちゃん、なんで自転車で来たの？」

「そ、それは、途中でわかったんです。あの、帰るとき、傘、貸してください」

「物置に、お客様の傘の忘れ物がいっぱいあるから、どうぞ」

青葉さんが出かけてしまうと、お店の中は静まり返る。

古いテレビには、モノクロのホームドラマが映し出されているが、君枝は見ないようにした。

何が本物なのか、君枝は時々わからなくなる。自分が間違っているのか、世界が間違っているのか、両方とも間違っているのか。あるいはすべてが正しいのか。

十代の終わりは、特に混乱がひどかった。

朝、目覚めても起きあがれない。家を出ようとするのに、出かけられない。電車に乗れない。校門をくぐれない。鉛筆が使えない。字が正しく書けない。教授やみんなが宇宙語をしゃべりだす。レポート用紙が逃げていく。パソコンのキーの字が、勝手に場所替えをする。なぜ。なぜ。なぜ。なぜ？

病院に行ったら、カウンセリングを勧められた。でも、保険の利(き)かない高額な料金を払うのは、学生の君枝には無理なこと。親にはどう伝えたらいいのかわからなかった。処方された薬は体に合わず、二度と飲みたくないと思った。でも、そんなとき、陸と電話で

「不思議体質」の話をすると、ほんの少し楽になるのだ。

「君枝。オレね、ガキんとき、君枝にソフトクリームを食べさせてもらったんだ。すごくうまくて最高だった。だから、君枝の不思議体質は、不幸なことばかりではないと思ってる」

陸は完全な理解者というのではなく、ケンカになることもしばしばあった。

「文句言うなよ。君枝が君枝らしく生きていくために、そういう体質になったんだって思えない？　君枝は、わりと受け入れているのかと思ってたよ」

「受け入れられるわけがないじゃない。こんなもの、手術で摘出（てきしゅつ）できるものなら、ごっそりとってやるんだから。あたしは普通の人になりたいの！」

――あたしは、普通に、幸せになりたいの……。

留年をして、同級生とは違うコースに人生がずれていくうち、いつのまにか「普通」が口癖になっていた。

でも、その夢はかなったのだろうか。

君枝は、ガラクタコーナーのトルソーのボディーの胸にごつんとこぶしを当て、声色を変えて言ってみた。

「ボクは、ボクだから、完璧で最高なのサ」

それは君枝が拾ったことのあるトルソーよりも一回り大きくて、古びていた。

トルソーは、黙っていた。当たり前だ。顔もないのに、しゃべるはずがない。

君枝はテレビが視界に入る丸椅子を避け、青葉さんのお気に入りの肘掛椅子で店番をしながら、暇つぶしに古雑誌をめくった。お店においてある海外の高級家具のカタログで、今の君枝の生活では、一生手に入ることのないものばかりだ。それが手に入ったとしても、君枝の心が満たされるかどうかはわからない。

一時を過ぎた頃からお客が何組か入ったが、九百円のメンズの革手袋がひとつ売れただけだった。客足の切れ目に、向かいのコンビニで買った軽食を済ませ、取引先からの荷物を受け取り、窓を拭いたり品物のほこりを払ったりして過ごした。

約束の時間になるまでに、夫からは三回メールが入ってきた。遺失物を受け取ったことと、家でお昼にインスタントラーメンを作って食べたことと、待ち合わせ場所の指定と予定通りに仕事が終わるかという内容だ。

時間を五分過ぎて、お店の電話が鳴った。青葉さんからで、商談が長引いてまだ店にもどれないので、君枝に店を閉めて帰って欲しいということだった。青葉さんは合鍵をもっているので、鍵をかけたら裏のドアの新聞受けから、中に放り込んでおいてとのこと。

言われたとおりにして、ゆめぐり屋を出ると、あたりはもう暗い。雨が降り始めていたので、自転車はお店に置いていくことにした。これから駅前の書店で、夫と待ち合わせることになっている。

借りた黒いこうもり傘に、雨粒が当たる。
ぽこん、ぽろろん。
嵐に備えて骨が一番丈夫そうなものを選んだのだが、古びた傘は、張りが弱くなってい
て、ふやけた太鼓のようだった。
街路樹と電線を伝って大きな粒にかわった雨粒は、君枝が差した傘に当たると、音符の
形に変わって落ちる。
通りすがりの小さな女の子が目をまん丸に、驚いた顔をして君枝と君枝の差した黒い傘
を見ていた。母親の袖(そで)を引っ張るが、うるさがられて相手にされない。
書店のガラス窓越しに、立ち読みをしている夫の姿が見えた。
そのとたん、体がずんと重くなった。
夫は外の君枝にまだ気づかない。
このままずっと気づかなければいいのに。
でも、夫は気づいてしまった。
と同時に、君枝の携帯電話が鳴り出した。
発信元を見ると、実家の番号だった。母が電話をかけてくるなんて、珍しいことがある
ものだ、と不審に思いながら出ると、
「君枝ちゃん？」と若い男の声がした。

「平次朗だよ」

弟の声が、一瞬わからなかった。中学二年になって、急に声が変わってしまったから。

「お袋が、君枝ちゃんに知らせろって言ってきたから、電話した」

「お母さんが、どうかしたの？」

「いいや、お袋は、いま友だちと温泉旅行中で家にいない。お袋がいないと、有紀哉(ゆきなり)がうるさくって」

下の弟は小学二年だ。甘ったれだから、まだ母親が恋しいのだろう。

夫が書店のひさしの下まで出てきて、だれと話しているのという顔をしてこちらを見ている。

君枝は夫に気づいていると示すために、うんとうなずいて、背中を向けた。

雨足が強まってきたが、店のひさしの下には入らなかった。

夫には、君枝のこうもり傘から、音符の形のしずくがぽっぽこぽころんと滴(したた)っているのが見えないのだろうか、と、ちらりと思う。いやいや、優しくておおらかで普通な、良いダンナ様ではないか……。

「あっちゃんからお袋に電話があったんだって」

弟は、母の軽薄な口調そっくりに言った。

「あっちゃんちのお隣の高上さんちの、そう、君枝ちゃんと同級生の陸ちゃん、きのう、亡くなったんだってさ」

五

きのう、陸が死んだと、弟は言った。

信じられない話だが、君枝はすぐに信じられた。道理で、自分の身におかしなことばかりが起こっていたはずだ、と。

君枝の周りに、雪が降り始めている。雨がザアザア降っているのに、君枝が差した傘のすぐ下から、白い結晶が降っている。

「君枝ちゃん、大丈夫？」

「うん、たぶん、冷静……」

「泣いてないよね？　倒れてないよね？　お袋、君枝ちゃんが泣くの聞きたくないからって、おれに電話しろっていうんだもん」

中学二年の弟の幼さに、君枝は苦笑した。

「ばかだね。泣くわけないじゃん」

だって、いまはまだ、泣くときじゃない。

でも、道理で、いつにも増して寂しくてたまらないはずだった。君枝の心を繋ぐ細い糸が、ぷっつり切れていたせいだから。

　自分は、いつも誰にも正しく理解されない。でも、陸とは、極細の糸で繋がっているのだと思っていた。夫婦とか恋人とかの関係ではないところで、繋がれていると信じていたから。

「明け方の交通事故だったって。高上のおばさん、重い病気して介護が必要だし、おじさんのほうも体が弱くなったから世話するんだって、東京の会社を辞めて家にもどっていて」

　そんな話、君枝は陸から聞いてない。

「告別式はどっちの家でするの。子どもは?」

「子どもって誰の?　どっちの家って訊かれても……」

　相手が弟では、話がよくわからない。

「し、信じられないよね。おれだってショックだ。お袋とあっちゃんちに行ったりすると、陸ちゃんが隣の家からやってきて、大きくなったなぁって話しかけてくれて……」

　弟の話を聞いてやってる場合じゃない。確かめなくては。

「あんたが泣かなくていいから。教えてくれてありがと。電話、切るね」

「おーい、行くぞ」

　夫が傘を差して近づいてきた。雨足が強くなる。君枝の傘は音符を作れず、雨はそのまま流れ落ちていく。雪も降り続けている。

「本当に雨が降るとはなあ。タクシーつかまえていくか?」

「ちょっと待って。急用なの」

携帯電話のアドレス帳を開く。

クビになったバイト先ばかりが入っていて、友だちは少ない。短大時代の数人の友だちとは連絡を取っていたが、高校の友人とはあまり繋がりがなかった。みんな就職や結婚で、疎遠になってしまい、年賀状のやり取りはあっても電話をするほどではないから、データを入れてない。一旦、家に帰らないと、陸の実家の番号も、サダコの連絡先だってわからない。

きのうの早朝に亡くなったということは、今夜がお通夜になるのだろうか。とすれば、告別式はあすだ。

君枝は、母親の携帯電話にかけた。旅行中ということで、やはり繋がらない。

「おい、行くぞ。タクシー停めるからな。これは約束なんだから。待ってるんだから」

「友だちが亡くなったの!」

君枝は、自分でもびっくりするほどの、空気を震わす大きな声を出していた。

「ご、ごめん。大声だして」

「そうか……。だとしても、いまここで騒いだってしょうがないだろう。友だちって、誰？」

　君枝は口ごもった。夫には、一度も陸の名前を出して話をしたことがなかったのだ。陸の話をすれば、必ず「不思議体質」のエピソードの一つや二つが出てきてしまう。だから、話すことができなかった。

「高校のときの同級生で、幼なじみ」

「君枝の同級？　若いのに、気の毒だな」

「今夜がお通夜だと思うんだけど、場所がわからなくて」

「まさか、今から行くつもりなの？　雨も降ってるし、約束があるし、あすの告別式に行きなさいよ。ほら、タクシーが停まったから、早く」

　君枝は夫に促（うなが）されるまま、傘をたたんで車に乗る。

「きょうはアンコウ鍋だってさ」

　夫は運転手に行き先を告げると、夕方の再放送のテレビドラマを観たことを君枝にだらだら話しはじめている。

　君枝は携帯電話をいじりながら、ほかに陸との共通の友人は、誰がいただろうかと考える。そうだ。発信元に心当たりのない電話が二度かかってきていた。きっと、連絡を取ろうとしてくれた誰かだろう。

　君枝は着信履歴の番号のひとつに、繋いでみた。しかし相手を確かめられずに留守番電話に繋がってしまい、君枝はすぐにかけなおさなかったことを後悔した。

「あの、久世君枝……彼河岸原君枝です。連絡ください」

メッセージを残す。

「おいおい、タクシーの中でかけるなよ。それにいまはぼくが話しているのに」

「テレビの話どころじゃないの、わかるでしょう？　友だちが亡くなったの。幼なじみだったの」

君枝は二つ目の着信履歴に繋いだ。こちらも、留守番電話に変わってしまった。お通夜に駆けつけているのかもしれない。

「幼なじみなんかいたの？」

夫の疑問に答えるひまはない。

大きなトラックとすれ違う音で、タクシーの向かっている先が家でないことに気づいた。

「ねえ、家にもどって」

「もどったら、遅くなるよ。後でいいだろう。どうせ今日は間に合わないよ」

告別式では遅すぎる。

いますぐ陸に逢って確認するまでは、誰の話も信じたくない。だって、不思議体質の、嘘かもしれない。これは、悪い夢かもしれない。最悪な夢の中にいるのかもしれない。

豪雨が、タクシーのフロントガラスを叩いている。信号待ちで止まると、風で車体が揺れるほどだ。

君枝は思考をめぐらして、留守番をしている弟に電話で訊いた。

「陸のこと、あっちゃんから聞いたって言ったよね。あっちゃんちの電話番号、教えて」

「その幼なじみって、男か？」

夫は言い、君枝の手のうえから、携帯電話を握り締めた。

「ちょっと、放して。どっちでも、関係ないでしょう」

この人も一丁前にヤキモチを焼くのか、といまさらながら驚いた。

「ぼくは夫なんだよ」

「夫だからって、なにか？」

「なにかと開き直られても、ぼくはただの夫だよ。ただ、ぼくが君枝の夫なんだよ」

なぜ夫には不思議体質のことを話さなかったのだろう。話したら、夫との出逢いが運命ではなくなってしまうと思ったからだ。でも、もうとっくに運命なんかじゃなかったと、わかっているのに。

「そうね。あなたは夫で、そして、生きている……」

夫は、君枝の手を放した。

苦しい。まるで溺れているみたいに息苦しい。

運転手が、二人の沈黙を待って口を挟む。

「お客さん、この嵐では前が見えなくて。みんなのろのろ運転だから、もう少し時間がかかりますよ」

「ああ、こんなに降るとはね。タクシーに乗れて助かったよ」

夫は、よそ行きの声で言う。

君枝は小声で訊いた。

「電話してもいい？」

「降りるまで待てよ。あれ？　何か、落ちてる」

夫は、君枝との間のシートの上に落ちていた破片をつまんだ。

なんだこれ、と君枝のほうを見て、息を呑む。

「どう言ったらいいんだろう。気を悪くしないで。君枝の顔……と、君枝の全体から、何かがはがれてる……」

「それはきっと、あなたに見せていたあたしの外壁かもしれない。あたし、そういう体質だから」

「何を言ってるのか、理解できない」

「理解しようなんて、思わないでいいの。あたしだって、わからないことばかりなんだもん」

苦しい。まるで溺れているみたいに息苦しい。

はがれていく。限界なのだ。薄いガラスの皮みたいにパリパリになって、「普通の自分」が、剝離していくようだった。

「ねえ、教えて。あたしの破片がはがれたところには、何が見えてる?」

「ばかだな、君枝がはがれるはずがないじゃないか」

夫は目を背けた。

苦しい。君枝は溺れそうなのだ。

君枝が自ら封印しようとした世界が、勝手に動きだそうとしている。見ないこと、信じないこと、相手にしないこと。無視してきた、気のせいにしてきたすべてが、自分の内側から洪水のようにじわじわとあふれてきて、君枝の全身に押し寄せる。

君枝は負けないように足を踏ん張るが、とうとう水に体が浮かんでしまう。水ではない。それは、水ではないのだと君枝は知っている。しかし、水以外になんとたとえたらいいのか、わからなかった。

ずっと溺れかけていたから、君枝は久世にしがみついた。やっとたどりついた、地面。幸せになれると信じた世界は、安住の地にはならなかった。

子どもの頃に読んだ物語の中に、主人公が島に上陸したと思ったら、それは本物の島ではなくて、巨大なクジラだかカメだかの背中でしたという話があった。子ども心に、そんなバカなと思ったが、君枝がずっとしがみついてきたものも、そんな場所だったのだろう。

海にクジラが沈んだら、君枝も沈んでしまうのだ。ちゃんと確かめて上陸しなかったから。そんなの、いやだ。息が続かないのに、一緒に沈むなんてできないよ。

携帯電話が震えた。

相手は、高校のときに同じ陸上部だった、吉井悟だった。君枝のメッセージを聞いて、かけ直してくれたのだ。

「いま高上の自宅近くの斎場にいる。あいつ、佐多さんとは去年別れて、地元に戻ってきてたんだよ。本当に、突然のことで……」

吉井から、簡単な経緯と告別式の場所と時間を聞く。同時に、高校生の頃、吉井が好きで、それを陸にからかわれてケンカしたなあ、なんて思い出して、冷静でいるようで、実は心がぐちゃぐちゃに分裂していると思う。

「おれはてっきり、二人は結婚するんだと思っていたよ」

電話を切るとき、言われてしまった。思わず、涙がにじんでしまう。

でも、いまは、泣くときじゃない。

人は、哀しいときに泣くんじゃない。泣くときは、自分が憐れに感じたときだ。感情の嵐のなかで、無力さを感じ、自分の存在が脅かされたときに、泣かずにいられなくなるから、泣けるのだ。

「連絡付いたのなら、よかった」

夫が言う。

「うん。陸の居場所がわかったから、行ってくる。運転手さん、停めて」

のろのろ運転が停まりきらないうちに、君枝は自分でドアを開けた。

「おい、行くって、この嵐の中、どこへ行くんだ！」

夫を置いて、傘をつかんで夜の中にかけていく。

土砂降りの雨の中、傘を開くと、風に煽（あお）られ、よろけそうになり、これならできる、と君枝は思う。

飛んで。あたしを陸のところへ連れてって！

君枝はこうもり傘を両手でかかげて、風にあわせて飛び上がる。

飛べ。

飛べったら、飛べ！

飛んでよ！

どうして？

昔は傘で空飛んで行けたじゃん！　あたしのこと不思議体質だって、陸は言ってくれたんだよ！

だから、陸のところへ連れてって。悪い冗談はやめてって、陸を足蹴（あしげ）にしてやる。昔みたいに、やられたら絶対にやり返すんだから。あたしが蹴っ飛ばせば、陸は絶対怒って生き返るんだから……。

君枝は凍える嵐の中で、汗だくになってジャンプを繰り返した。そうすれば、飛んでいくはずだったのに、きっと歳を取って体が重くなったから……。

苦しかった。

君枝は嵐の中で、大声で泣いた。

違う、嵐が泣いているのだ。

「もうよしなさい！」

天が君枝を連れ戻しにきた。

狂ったと思ってる？　取り乱すな、と？

でも、これがあたしなの！

子どもだった頃、あたしは、足を踏ん張って、泣きながら言った。言うことができた。

あたしはあたしなのだと、裏付けのない自信に満ちていた。

自分に疑問を感じることが、大人になるということなのか。だとしたら、疑問をなくしていくべきなのか、疑問に思わないように自分を騙していくべきなのか。

自分の世界を封じ込めることで、何かが解決できたのだろうか。

たどり着けたのは、クジラの島。しがみついていたって、いずれは沈んでしまうのだ。

六

大切な物を、喪失した。

でも、その前から、見失っていたし、見ようとしていなかった。

あれはあたしの大切なものだったのだ、といまさら主張するのは、まちがっている。

サダコ……佐多布未子（ふみこ）が、娘のルイを抱いて、親族席に近い方に座っていた。

まだ二歳に満たないルイは、あたりかまわず愛くるしい笑顔を振りまいている。

ルイが生まれた頃、体を壊した両親の面倒を見るために地元に帰りたいと陸が言い出したことで、二人は不仲になり、同棲を解消したらしい。子どもの好きだった陸が、自分の娘から離されるのは、とても悲しいことだったろう。

サダコは、元内縁の妻として、というよりは、陸が残した子どもの保護者として、参列を許されている様子だった。陸の子どもがいるのに、肝心の陸がいないのは、なんだか不思議だ。

サダコは、君枝が勝手に思い描いていたセレブのイメージとはちょっと違う。我が儘（わがまま）そうではあるけれど、陸のお母さんに似た丸っこい体つきの、おっとりした女性だった。

陸と結婚していなかったことを悔（く）やんだりしているのだろうか？　それは、君枝には想像できないことだ。サダコの表情から読み取れるのは、ルイのことが大好きで、いまはルイの世話をすることに夢中です、ということだけだ。

将来、ルイが父親の影を探しはじめたとき、サダコは陸の姿をどう見せてあげられるのだろうか。

その斎場の形式どおりに、儀式は進む。

段取りの良さに気分が悪くなり、焼香を終えると、君枝はそっとロビーに出た。すぐあとに、もう一人、出てくる。

陸の葬儀に、夫がくっついてくるとは思わなかった。

「ついてこないで」と言ってみたが、「ぼくは夫だから」と、数歩離れてついてきた。

「妻の大切な人が亡くなったのだから、夫にとっても大切な人が亡くなったということだ」

君枝はずっと無視し続けた。夫は、無視されても気にしない振りをしている。

「どうせ見えてないんだろう」

そう言われている気がして、無視をしているという事実すら、無視できていないことに、苛立(いらだ)つ。

告別式が終わり、敷地内の火葬場への出棺を見送ると、人は散り散りになっていった。

「まさかこんな形で君枝と再会するとは、なあ」

吉井悟と会うのは、高校卒業以来だった。

　吉井は大学卒業後に、仕事の立ち寄り先で陸と偶然再会して、比較的職場が近かったため、何度か一緒に飲んだことがあったそうだ。

「酒が入ると、高上から、どうして君枝と付き合わなかったのかと叱られた。お前がぴったりくっついているのにどうして付き合えるんだよ、と言ってやった。若かったからな。二人とも、君枝のことが好きだったのにな」

　いまさら告白されたって、歯車が嚙み合わない。何もかも、ずれ過ぎている。

「やだな、うしろに夫がいるのに」

「えっ、誰かいる？」

「………」

　君枝は振り向いた。いると思うんだけど。吉井には、久世の姿が見えないのだろうか。それとも、いると感じているのは、君枝の不思議体質のせいなのだろうか。

「吉井って、まだ霊感あるの？」

「そういえば自分のこと霊感少年だって言ってたっけなあ。最近気にならなくなったけど、まだ多少はあるんじゃないかな」

「ふうん、そっか」

　夫が存在していないとしても、君枝は驚かない。夫の姿を人に見られなくて済むなら、幸いだ。

「これからどうする？　駅に行くなら車で送っていくよ」

「あっちゃんち……親類の家に顔見せに行く。この町に来るの、小学生のとき以来だから」

「近いの？」

「たぶん、ここから十分くらい。陸の家の隣なんだ」

吉井とは駐車場の入り口で別れ、十六年ぶりの懐かしい道を歩いていく。

母親や弟たちは、あっちゃんちに遊びに行くことがあったが、君枝は一度も行かなかった。理由は、あっちゃんちが嫌いなのではなく、母親と一緒に行動するのが嫌だったからだ。

スダジイの古木が見えてきて、君枝はホッとする。枯れてなくした枝もあったが、まだ生きていた。

皆川（みながわ）サイクルは、店構えはそのままで看板と窓のサッシが新しいものになっていて、お店の脇の駐車場には、お店の形そっくりの犬小屋があった。

空き地や畑だったところに家が建ち、古い家があったところに押し合うように新しい建物が建っている。でも、町の空気は昔のままのように思う。

ただ、陸がいないだけで。

この町にいた頃、君枝は物事を深く考えず、常にぼんやりしていた子どもだった。太陽は自分の行動範囲でしか地球を照らしていないと信じていた。君枝はいつも人生の主役で、そのシナリオは常に不条理でできていた。でも、幼い君枝は不条理という言葉を知らない。知らぬが故に運命を恨むこともなく、進むべき道に巨大な落石があれば、それをよじ登って越え、橋が落ちていれば別の橋を探して向こう岸に行く。我が身の不幸を嘆きもせず、ただひたすらに、目の前の困難を無心にこなしていった。

強かったんだ、と思う。

大人になるにつれて、受け入れていけるもの、気に留めなくなるもの、たくさんあるけれど、人の死はいくつになっても最大の不条理だ。

最後の曲がり角をまがったとき、追いついてきた軽自動車が徐行した。

「電話をくれれば迎えに行ったのに」

真波さんが、買い物からもどってきたところだ。たまにしか逢わない風変わりな人だが、勘が鋭く、君枝が子どもの頃には何度かお世話になったことがある。今は、あっちゃんちに帰ってきている時期らしい。年は四十半ばのはずだが、母の噂話では、いまだ独身だそうだ。ちょっと名の知られた陶芸家で、ふだんは山にこもっていることが多い。

「あと数メートルだけど、乗ってく？」

一瞬、夫の気配が気になったけれど、君枝は助手席に乗った。

まもなく、あっちゃんちが見えた。あちらこちらが古びてはいたものの、記憶の中と変わらない姿だ。

道を挟んだ隣の、陸の家の前に、犬を連れた高校生の男の子がぽつんと立っていた。犬は白と黒と薄茶色が混ざった毛の長い大きめの中型犬だ。

「あの犬、バーニーズマウンテンドッグね。かなり年寄りだけど」

「へえ、真波さん、犬に詳しいんだ。あの制服、懐かしいなぁ」

男の子は日曜なのに制服を着ている。君枝や陸が通っていた高校と同じだ。

「どうかしたの？　高上さんちは、きょうは留守よ」

真波さんは、窓を開け、困っている様子の高校生に声をかけた。

「お葬式、どこでしてるのかわからなくて。昔、良くしてもらったんで、キミエとお別れを言いにきたんですけど」

「雄犬なのに、キミエだって」

真波さんは、ぷっと噴き出した。

「陸くんらしいね」

「なに、なんの話？」

「その犬の名前、陸くんがつけたんでしょう？」

「は、はい。昔、犬を飼うのを親に反対されて家出したとき、陸さんに助けてもらって。親にかけ合ってもらったお礼に、名前をつける権利を。ぼく、皆川といいます。皆川サイクルの」

　昔、皆川サイクルの奥さんのお腹の中にいた子が、目の前のその子なんだと気づき、君枝は時の流れを感じた。

「へえ、そんなことがあったんだ」

「高上さんとこは、夜まで帰らないでしょうから、別の日にお線香あげに来るのがいいわよ」

　真波さんはそう教えると、余計なことを言った。

「この子の名前、君枝なのよ」

　高校生はぱっと顔を輝かした。

「好きな子の名前だって言ってました。犬につけちゃえば、好きな子の名前が堂々と呼べるし、いつもその子が近くにいるみたいに思えるって」

「で、でも、陸はサダコと同棲したくせに！」

「バカね。それって子どもの頃の話でしょうよ」

　老犬は、のろのろと歩き出し、真波さんも車を家の敷地のほうへ移動させた。

　好きな子の名前だなんて、なんで今頃、言うんだろう。

　恋をするにも時機があって、出逢うタイミングとかどちらかの心の状態や余裕とかで、全部が見事に一致したときでないと、うまくいかない。君枝はチャンスを大きく外してしまったのだ。もしその時機がまためぐってきたら、次こそは陸と恋をしたのかもしれない。なのに、陸はいないのだ。陸だけが、いないのだ。

「ちょっとぉ、泣かないでくれる？」

真波さんに叱られた。

君枝の涙が、車のシートを濡らしていた。

「ごめん、止まらなくて」

君枝の涙は目からこぼれたとたんに水風船のように膨張し、コップの水の分量ごとに車の床にびしゃびしゃ溜まっていく。

「やだ、雪まで降ってきたよ」

車の天井から、白い結晶が落ちてくる。

「ごめん、真波さん、ごめん。あたし、ちょっと変なの」

「変なのは昔から気づいてたけど……。まあ、泣いてもいいけど、最後は自分でなんとかするしかないんだからね。ま、そんなこったろうと思って、浮き輪を買ってきといたわ。ほら、ちゃんと持ってなさい。この時季に浮き輪を探すの、大変だったんだからね」

真波さんは、買い物袋から空気の入ってない浮き輪をだして、君枝の首にレイのようにかけた。

涙も雪もやみそうにない。いま君枝が必要なのは、バスタオルかレインコートだ。

「気の毒だけど、これは、あなたの世界なんだから、自分の一生をかけて、どうにかしていくしかないのよねぇ」

真波さんは、車のドアを開けた。そのとたん、溜まりに溜まった涙の池が、ザバアと車外にあふれ、君枝も一緒に流れ出た。まるで、世界中が君枝の涙の津波に覆われていくようで、水はかさを増して広がって、人も民家もすべてを飲み込み、あっというまに、あたり一面、大海原だけになってしまった。

そこには、君枝だけが、ぽっかり頭を出して浮かんでいる。

「う、うそ……。だ、誰かいませんか？」

返事はない。

こんな世界、受け入れられるわけがない。だけど、この海を作ってしまったのは、君枝自身なのだ。

いつまで浮かんでいられるだろう。

このままでは、いつか溺れてしまうかもしれない。

「だから浮き輪をくれたのか……」

魚だったらよかったのに。世界中の海を悠々と泳いでいればよかったのに。ううん、人魚のように、泡になって消えてしまえたらどんなに楽だろう。

渡り鳥だったらよかったのに。

美しい花ならよかったのに。

どこかの国の音楽だったらよかったのに。

君枝は、真波さんにもらった浮き輪に息を吹き込みながら、君枝以外のものに、思いをめぐらした。だけど、どんなに願ってても、変わろうとしてみても、君枝は君枝の姿のままで、時折ざぶんと波をかぶりながら、浮かび続けている。

この世界が夢なのか、現実なのか、それはたいした問題ではない。

君枝は君枝として、いまもここに存在せずにはいられないのだから。

第六章 —— 水平線

『水は、引きましたか？』

真波（まなみ）さんから、ひまわり柄のはがきが届いたとき、君枝（きみえ）はまだ波間にぷかぷか浮かんでいた。

もう、体は半分以上溶けている気がする。

いつ溺（おぼ）れて、なくなったっていいと思った。

時々、毛深い白クマが、ダイナミックな犬掻（いぬか）きみたいなクマ泳ぎでザブザブどこからかやってきて、君枝の口の中に、腐った小魚を放り込んでいく。

だから、君枝は餓死できず、浮き輪につかまりぷかぷか浮いている。

悔（くや）しいことに、腐った魚が口に入ると、のどが勝手に飲み込んでしまう。食べることも飲むことも、したくないのに、君枝の心とは別の部分が、自然の摂理に従って生きることを選んでしまう。

どうなったっていい、と思っていても、君枝は浮き輪を放せずにいる。

先ほどもまた白クマがザブザブ泳いで近づいてきた。

今度こそは口を開けまいぞとがんばっていたが、その時白クマが口にくわえていたのは、腐った小魚ではなく真波さんの絵はがきだった。

「あ、どうも……」

意外なものを運んできたことに面食らい、思わずお礼を言って受け取ると、白クマの顔が一瞬、夫に変わった。

なぜこんなところに白クマが泳いでいるのか、とても不思議だったのだが、正体に気づいた今、君枝は妙に納得した。

久世（くぜ）は、落とし物をしても必ず探して取りにいく人だった。

自分の物を取りにいく。

それは、当たり前のようで当たり前ではない。一度手から離れてしまったものは、みんなどこかで理由をつけて、忘れようとするものなのだ。

大多数の人にとって、わざわざ手間をかけても取りもどさなくてはならない失（な）くし物が、この世にどれだけ存在するのだろうか。

久世の場合は、大切かどうかの基準を超えて、気の毒にも、手放せない人なのだろう。

それは、あらゆる意味で、すごいなと思う。そして、少々怖くて気味が悪い。久世もまた、ある種の生きづらさを抱えて生きている人だからだ。

でも。

夫と同じ場所にはもどれない、と君枝は感じていた。

君枝が遠い水平線に目をやると、白クマは何も言わずに泳ぎ去る。彼の喜びがどこにあるのか、君枝にはわからない。

『水は、引きましたか?

先日、山を歩いていて、野生の靴々草(くつくつそう)を見つけました。日陰だったので青白くひょろっとしていたけれど、小振りながらもとてもきれいに咲いていました。昔、育てたことがあったわよね。

気が向いたら、遊びにいらっしゃい』

はがきを読んで、子どものころに過ごした夏休みの『家族』の記憶がよみがえる。と、ともに、素朴な疑問が頭に浮かんだ。

この水は、いつか引くのだろうか?

昔、これと似たような、一面に広がる暖かな海を泳いだことがある。そのときは、あっという間に水は引いていったっけ。

でも、今回の冷たい海は、あの暖かな海とは成分が違うのだ。だから、消えることはないのだと、君枝は思っていた。

水が引かないことには、君枝はどこにも行けない。浮き輪をくれた真波さんに、お礼を言いに行くこともできない。

どうしたら、この水は引くのだろうか。それとも、クジラやカメの島に出くわすように、君枝の知らない新大陸が、この海のどこかにはあるのだろうか。

そう考えたとたん、この海原の先に、君枝が行くべき場所がまだ残っているのではないか、と感じた。

そこは探しても容易には見つからないところかもしれない。あるとき偶然、流れ着くところかもしれない。もしも、この水がだんだん引いていくものだとしたら、君枝のためのささやかな乾いた場所が、どこかに現れてもいいような気がする。

海の向こうに楽園がある、とは思わないほうがいい。わずかでも君枝を受け入れてくれるスペースがあるのなら、住みやすいよう君枝が整えていけばいいのだ。白クマが追いかけてくるかもしれないが、腐った魚を口に放り込まれる前に、木の根っこでも見つけて、口いっぱいに頬張ってしまおう。硬くて苦い木の根っこは、君枝の意識をすっきりさせてくれるだろうから。

「そっか。あたし、まだ、生きてるし……」

もう充分、波間を無為(むい)に漂(ただよ)った。いいや、充分なんて、ないはずだ。何十年経とうと、満たされることはないのだろう。満たされなくても、君枝は呼吸をつづけていくのだ。

水はまだまだ引きそうにない。

――水をあたえてくれて、ありがとう。

――きみえがよい水をえて、よい花をさかせられるよう、いのっています。

君枝は、真波さんのはがきを濡らさないように口にくわえて、片手ずつ交互に水を掻き、ゆっくりゆっくり浮き輪を前に進めはじめた。

本書は、二〇〇九年六月に角川書店より刊行
された作品を文庫化したものです。

文庫版へのあとがき

２００９年に『スノウ・ティアーズ』が角川書店からハードカバーで刊行されたとき、「ダ・ヴィンチ」という雑誌のインタビューを受けた。君枝という不思議体質の女の子の話がどのように一冊の本になっていったかという話をしたのだが、そのとき、自分よりも主人公が年上になると心境を理解しづらいから二十代半ばまでの君枝を描こうと思ったとか何とか答えた記憶がある。

児童文学の枠組みで小学生や中高生を主人公にした話をぽつりぽつり書いてきたわたしは、大人の主人公や登場人物が年をとって変化していくような話をまだ書いたことがなかった。児童書の出版社でないところで作品を発表するのも初めてのことだった。当時、わたしは三十代後半になっていたけれど、大人の読者のために作品を書きたいという気持ちは全くなく、自分がいつの間にか大人の年齢になっていたことすら不本意で、そもそも大人の世界に興味がなかった。

だから、成熟しつつある君枝の姿を描くことをしなかった。『スノウ・ティアーズ』後の君枝の物語は、作者のわたしがもっとちゃんと大人であるという自信をつけて、経験を積んでからまた別の機会にいつか書けたらいいのかな……これはこれで書きたいことは全部書いたし……と思っていた。これ以上は今の自分にはムリって。

現実には起こらないような変な話を書いていたけれど、わたしにとっての君枝は生きている人間であり、起きていることも真実であり、だからフィクションといえども現実離れした嘘やごまかしの話を書きたくなかったのだ。心がほっこりするようなだれにでも心地よい話はさらさら書くつもりもなく、一握りの読者にぐさりと突き刺されば十分だと考えていた。だって、生きているのって、つらいでしょう？　だれかや恋を求めてしまうことって、苦しいでしょう？

わたしは君枝そのものではないけれど、君枝と似た部分はたくさんある。

人に自分をわかってもらいたい。なのに、いつもわかってもらえていないと思っている。そして、人に「きみのことならわかっているよ」「あなたはこうでしょ？」という態度をとられると、「あなたにわたしの何がわかるというのか！」「わたしをわかっているつもりにならないで！」と憤（いきどお）る。

わたしは実に面倒くさいタイプの人間なのだ。時が経ち、四十半ばになってようやく自覚した。

今回、ポプラ社の皆様のおかげでポプラ文庫ピュアフルに収録されることになった。

久しぶりに再読してみて、突き刺さってくる寂しさに、書いた本人なのに負けてしまった。これを書いたときのわたしって、どんだけ寂しかったんだろうって気が滅入ってきて、苦しくなって泣いてしまった。

でも、読みおえてしばらく経ってからは、理解されないことばかり嘆いている君枝の姿に——君枝に似た自分に腹が立ってきた。

君枝はだれかを深く理解したことがあっただろうか。

そして、わたし自身はだれをどれくらいわかっているというのか。わかっているつもりになっていたのだろうか。だれのこともちゃんとわかろうとしない人のことを、だれがわかってあげたいと思うのだろうか。

君枝の人生は本書のあとも続いている。君枝はまだまだ変わっていけるはずだ。近頃のわたしは、あの海を泳ぎ出したあとの君枝の生き方を書いてみたいと思いはじめている。遊農民のその後も書きたい。

しかし、この文庫がそれなりに売れないと、続きの本を出すのは難しくなるらしい……。君枝の気持ちを受け止められる人にだけ読んでもらいたい、という作者の身勝手な思いは今でもあるのだけど、続編を出すためにはたくさんの人にお買い上げいただかなくてはならないというジレンマ。ああ、都合の良い不思議現象が起きてくれないかな。

読者の皆様は、この後の君枝がどんな人生をおくると思いますか？

梨屋アリエ

スノウ・ティアーズ

梨屋(なしや) アリエ

2016年11月5日初版発行

発行者……長谷川 均
発行所……株式会社ポプラ社
〒160-8565 東京都新宿区大京町22-1
電話……03-3357-2212(営業)
03-3357-2305(編集)
振替……00140-3-149271
フォーマットデザイン 荻窪裕司(bee's knees)
印刷・製本 凸版印刷株式会社

ポプラ文庫ピュアフル

ホームページ http://www.poplar.co.jp/ippan/bunko/

N.D.C.913/286p/15cm
ISBN978-4-591-15238-6